Olga Forever
Paco Ignacio Taibo II

EDICIONES B
GRUPO ZETA

Barcelona • Bogotá • Buenos Aires • Caracas • Madrid • México, D.F. • Montevideo • Quito • Santiago de Chile

1.ª edición: octubre 2006
1.ª reimpresión: abril 2007

© Paco Ignacio Taibo II

© Ediciones B, S.A. de C.V. 2006
   Bradley 52, Colonia Anzures. 11590, México, D.F.
   www.edicionesb.com
   www.edicionesb.com.mx

ISBN: 970-710-223-3

Impreso por Quebecor World.

Olga Forever
Paco Ignacio Taibo II

Este libro reúne dos novelas con un personaje común, Olga Lavanderos.

Maldiciones de la industria editorial habían impedido que los dos libros estuvieran simultáneamente accesibles al público hasta hoy.

Sintiendo que el campo de batalla...

Toma el asesinato del jarrón veneciano y arró-
jalo al callejón.

RAYMOND CHANDLER

Y procura que el jarrón (con todo y asesinato)
le dé en los güevos al que te viene siguiendo.

GERANIO DE LA TORRE

Una nota previa del autor

Hay novelas que se escriben para llevar la contraria. Ésta debe romper marcas. En principio lleva un título que hace casi quince años iba a llevar mi primera novela, *Días de combate*, y que mi editor de entonces pensó que era lo menos adecuado del mundo para una novela policiaca. Ya pasaron quince años. Aquí está el título de regreso aunque dando nombre a otro libro. Cambié de editor. Originalmente forma parte de una frase pescada al vuelo en un texto de Trotski: «Pensando que el campo de batalla le pertenecía, empezó a actuar por sus propios medios», y me servía entonces para poner en el papel la sensación que tenía en aquellos años de que la ciudad que alguna vez había sido nuestra, se nos escapaba de las manos, y que la posesión del campo de batalla era tan sólo una ilusión. La sensación volvió a mitad de los ochenta, ¿por qué no había de volver el título?

No sólo el título está ahí para llevar la contraria. Al iniciarse el 88 estaba empantanado en la escritura de otras dos novelas policiacas. Me dije a mí mismo que iniciar una tercera, aunque fuera una novela corta, sólo podría ser una forma ya preocupante de locura. Aun así, lo hice. De manera que reuní el viejo título y una historia directamente salida de la prensa que me andaba picando en las manos. En 21 días escribí el corazón del libro, encontré el tono que andaba buscando y rematé sus primeras páginas, luego me desinflé. Tenía ahora tres novelas (tres) a medio camino. Mediado el año volví a empujar esta historia, basada infiel, imprecisamente, con todas las licencias literarias del mundo, en una serie de acontecimientos aparecidos en las secciones de nota roja de los diarios de la capital. Pero, entonces, los problemas eran nuevos. Yo había empezado un libro en una ciudad y la ciudad se había vuelto otra; transformada en parte por la movilización popular cardenista. Yo sentía el DF diferente y no podía seguir escribiendo con eso en la cabeza. Rogelio Vizcaíno me ofreció la solución: «Ubícala a mediados de los ochenta». Decidí que la novela terminaría el 19 de septiembre de 1985, en el instante en que el suelo comenzaba a temblar. Ese fue el empujón que necesitaba y en noviembre-diciembre del 88 di por terminada la primera versión del libro. Luego, para seguir con esto de las contradicciones, no usé el final, bastaba con que yo supiera cuando terminaba la historia. No necesitaba escribirlo en sus páginas.

La tercera manera de llevar la contraria que se esconde en este libro surgió en una conversación con un colega en una de las reuniones de la Asociación Internacional de Escritores Policiacos (AIEP). Me dijo: «Ahora que estás publicando en el mercado internacional, tienes que escribir novelas más universales, más internacionales». Terminaba en esos días de escribir un libro de historia y un cuento sobre Phillip Marlowe para una editorial norteamericana; me la había pasado viajando como aeromoza a la caza de horas extras y me esperaba un año de muchas más andanzas. Era cierto, tenía contratos para publicar en varios países y cada vez que veía una traducción (aunque a veces no sabía ni identificar mi nombre en el texto) dudaba si los lectores extranjeros serían capaces de entender la ciudad que yo contaba. Me sentía tentado a escribir con menos claves locales, de una manera más abierta, sin tanta complicidad solidaria mexicana. Ahora podía darme el lujo de pensar en lectores sin verlos hojeando mis libros a la sombra de la torre Latinoamericana comiendo tacos de chicharrón.

El sólo concebir esa posibilidad hizo que me echara un mes en el más furibundo complejo de culpa, sintiéndome un reo de lesa traición. En momentos en que el país se andaba zangoloteando, yo podía darme el lujo traidor de vacaciones de patria. Decidí entonces meterme de cabeza en una cura de patria chica, un retorno a la realidad-realidad. Necesitaba escribir una novela con marcas de complicidad, una novela ilegible para cualquiera que no hubiera vivido, aunque sólo fuera por unos días, bajo la lluvia y el smog del DF, una novela llena de referentes cómplices en el lenguaje, en los micropaisajes, en las bromas. Una novela tan defeña, en suma, que no podría vender jamás en Alemania o Estados Unidos. Puede sonar todo muy idiota, pero así fue.

No acaba aquí la historia del juego de llevar la contraria. Alguien me había comentado que yo nunca podría escribir un libro con una mujer en el papel estelar. Bien, pues no sólo una mujer, me dije. Una mujer que resultara toda ella una provocación. Y, además, como yo estaba por cumplir los cuarenta, sería una joven. Ya la verán.

Esta historia previa para decir que la que van a leer es una novela escrita por amor a la contradicción, mañosa, lépera y absolutamente táctica. Si ustedes son amantes de la estrategia, se equivocaron de libro.

Por último, es obligado señalar que esta novela corta nació desde el primer día con la siguiente dedicatoria: «Para la raza de CEU, con amor del bueno», y eso no ha cambiado, todo lo contrario.

PIT II
México, DF, a lo largo del 88

1

Cinco, mi reina, y todos torturados

No quise tener nombre de heredera porfiriana medio puta, ni pedí nacer en la maternidad cursi de la colonia del Valle en que nací, ni soy voluntaria del Defe, si es que a esta ciudad todavía le quedan voluntarios, ni quería ser periodista cuando tenía cinco años.

No quería ser periodista. Quería ser bombera, como cualquier mexicana normal a esa edad. Tras haber pasado a los cuatro años y medio una crisis de identidad que me obligaba a definirme entre trapecista y propietaria de una tortería y ante la posibilidad de equivocarme, pues bombera. Pero la vida juega cubano con los aborígenes del Defe y nos zangolotea de lado a lado y nos mata de amores cuando no nos deja languidecer de odios jarochos, de esos que cotizan para el ascenso a la primera división. El Defe se aprovecha de que tenemos veintitrés años y que no podemos metérnoslos por el chocho por más que la masturbación femenina haya sido santificada por el informe Elite. Ni pedo, como dijo el cosaco cuando tocaba corneta. Yo era periodista. Ni pedo, pues.

—Olga Lavanderos, es usted una pendeja, una fodonga, y se me va a la casa de su repuñetera madre con dos días de castigo —me dijo, aquella mañana en que empezó esta historia, el jefe de redacción, un macuarro al que no se le podía en principio acusar de machista, porque insultaba parejo a hombres y mujeres, y al que le habían valido madre todas mis explicaciones sobre la sinusitis y la conjuntivitis que me traían a mal vivir y que me habían obligado a faltar tres días, pero que, como estaba visto, a él le valían soberano pito.

Días después, tendría que agradecerle el que me hubiese obligado accidentalmente a entrar en esta historia. Una historia que tiene que ver con el mejor oficio del mundo, el oficio que no da bien de comer y en el que, como se te ocurra infiltrar una frase poética en la cabecera, te dan una patada en los ovarios que te deja lisiada de *forever*.

Por cierto, esa era la otra alternativa a mi nombre de heredera porfiriana, a mi apodo que me había cascado el Chema Prieto en la facultad: la Forever, la «para siempre». Me lo merecía, porque en el semestre en que me lo endilgó yo andaba de trascendental y todo era para siempre, todo era de patria o muerte, todo era eterno. Consciente de mi culpa, una noche, durante una borrachera monumental en Guaymas, me lo hice tatuar en una nalga en medio de una rosa de pétalos perennes. La tatuada casi me cuesta una violación y tuve que salir del salón de tatuajes con una navaja suiza en la mano, cuidándome no me fueran a dar por chicuelinas, tantito a la *izquierda de la rosa forever*, dos marineros japoneses que se andaban tatuando pendejas en el cuarto de al lado.

Olguita, ¿y usted estudia o trabaja? No, fíjese joven, yo me hago pendeja en el diario *La Capital*, que es donde trabajaría el mamón de Clark Kent si Kafka hubiera escrito los guiones de Superman y lo hubiera castigado con el Defe. Gano semanalmente el equivalente a 46 rollos cuádruples de papel higiénico, a 312 cocacolas familiares, y he aprendido a medir así mi salario en estos tiempos de crisis, porque es la única manera de saber qué carajo plusvalía te están exprimiendo. Aproximadamente la mitad se me va en la renta y en el transporte y la otra la reparto en comidas y gastos de amores (toallas sanitarias, toallas no sanitarias, libros de Amado Nervo y medios boletos de cine, teatro, etc., porque a los güeyes con los que salgo nunca les alcanza).

Estudié en el CCH en los años en que los profesores radicales se iban convirtiendo en fracasadas abuelitas blancas que pensaban en la jubilación honrosa, que ahora sí les permitiría ir a su casa y poder terminar la inacabada lectura de Gramsci. Años culeros en los que la única asociación posible a la palabra revolución era la palabra «imposible» y no la palabra «permanente», como había estado de moda un tiempo antes, ni mucho menos «mexicana», como se dijo en los cincuenta. Sólo imposible.

Soy Olga, Forever, para siempre, y lloro mis miserias a solas o acompañadas, ayudo al cultivo de margaritas meando en los parques en las noches y sólo reconozco una religión: la que adora al jefe Gay Lussac, el que sale en las botellas diciendo los grados etílicos y quien, con ese pinche nombre, además de francés ha de haber sido muy puto.

—A su casa, Olga Lavanderos, saque el fundillo de esta redacción, que aquí se trabaja.

Me ahorré la carcajada y me fui a pasar los dos días de castigo en meditación budista y soledad, en lugar de pasarme el rato en aquel antro donde se cultivaba pacientemente el arte de masacrar las noticias.

En la casa había un paquete de seis tecates en el refri y empecé por la sexta después de abrir todas las ventanas. Así me hacía la ilusión de que arrancaba por el final. ¿No empiezan las mejores historias de Hemingway con alguien poniéndose hasta atrás?

Tengo veintitrés años, me digo y miro mi ciudad desde el piso más alto de la torre más alta de la unidad Plateros, y me hago la ilusión de que poseo algo, de que alguien me posee. Ilusiones. Sobrevolando los rectangulares bloques de viviendas, me digo que soy ciudadana de algo. Simulo que tengo una ciudad y la miro. Veo los cochecitos y el sol, los aviones que se curvan para buscar el horizonte y los niños diminutos que venden klínex y libros de «con la frente en alto.»

Tengo un tocadiscos nuevo y cuatro discos; dos míos y dos prestados. Los míos son de Tania Libertad y los prestados son de Lionel Hampton (que se volvió culero después de grabarlos, yendo a darle un concierto a Reagan, pero que cuando los grabó todavía era persona). Soy una ecléctica y una hereje. Algo había de ser. Del bolero al jazz con vibráfono. En el baño, pintado con plumón Esterbrook de punta gruesa dice: «Primero quinceañera que priista»; «Practique la lucha de clases, cójase a su vecino»; «Dios no existe. Olga Lavanderos. Olga Lavanderos no existe, me cae. Dios»; «El que no jale la cadena tendrá pesadillas»; «Vámonos queriendo para siempre, porque así dura más y cuesta menos». Dice otras cosas en la pared del baño, y otras muchas más en decenas de cuadernos regados por toda la casa. Pero éstas son las esenciales.

Bien, estaba en la quinta cerveza, que fue la que siguió a la sexta, cuando llegó Toño, mi primo, y me dijo:

—E'ise guefa e vengas, Olguis, e vengas a ver a tele.

De manera que ante tan propia invitación seguí a mi primo, al que se le venían cayendo los pañales, hasta el departamento de enfrente, donde la jefa (del Toño) me dijo:

—Mira nomás —señaló con su dedo ígneo, de tanto fumar delicados sin filtro, a la televisión, donde unos pundonorosos y sudados ciudadanos pasaban con unos cuerpos en camilla ante la cámara. Atrás de ellos, otros voluntarios de la Cruz Roja resbalaban en una pendiente de lodo tratando de subir los cadáveres—. Órale Olga, tú que eres periodista, échate ese trompo.

—Dile a Toñín. Yo estoy con dos días de descanso forzoso —le contesté y me fui a mi casa sobre la cuarta cerveza y pensando en que a la mejor podía hacerme la pedicure. Necesitaba urgentemente un cambio de personalidad.

Bueno, ya le eché la culpa al jefe de redacción. Y le eché la culpa a Toñín que andaba rascándose el pito por la sala de la casa de mi tía. Sólo queda, para ser absolutamente ecuánime, echarle la culpa a los camilleros de la Cruz Roja, que por un descuido (seguro estaban hasta las orejas de mota) habían dejado fuera de la sábana que tapaba uno de los cuerpos, una lánguida mano de mujer.

Yo sé que la muerte es culera. Soy huérfana y los huérfanos que no cumplimos veinticinco sabemos algodones de esas historias. Crecí en una ciudad que anda de crisis en crisis y la violencia la huelo cuando no la siento. Soy además, medianamente inteligente. Pero en mi educación sentimental han intervenido otros factores roñosos que violaron mi sentido común. Me confieso: soy lectora y fan de *El conde de Montecristo*. Soy de la tendencia Athos en el Partido de los Tres Mosqueteros (PTM). Creo firmemente en que el único síndrome digno de tal nombre es el síndrome Margarita Gauthier. Soy de las que lloraron como loquitas, con veinte años de retraso, viendo *Un hombre y una mujer* de Lelouch. Mi disco favorito, por cierto que no lo tengo, porque el Toñito lo hizo pomada con un pisapapeles de obsidiana y no he tenido tiempo de volver a comprarlo, es *Dieciocho románticas de ahora y de siempre en la orquesta de Ray Conniff*. Supongo que a los cultos debo darles ñáñaras y a los normales les doy un pinche horror, pues. Por eso, la lánguida mano de la difunta me atrapó, como se dice que agarró la mano pachona las neuronas de nuestro señor presidente: penetrando, como diría mi tía, en los insondables abismos de la mente de una servidora.

—¿Cuántos eran, tía? —pregunté, al regresar a la casa de enfrente con mi cerveza en las manos.

—¿Los difuntos, mi hijita? Eran cinco o seis, no les llevé bien la cuenta.

—¿Y dónde los encontraron?

—Dónde va a ser. En el Gran Canal, ahora está de moda. Pinche gobierno, no sólo mata gente sino que empuercan el agua potable.

No quise sacar a la tía del error y decirle que los muertos, cinco o seis, habían estado nadando no en agua potable sino en heces fecales y en orina, no fuera que me malinterpretara y pensara que estaba defendiendo yo al gobierno (¡Sálvame San Judas Tadeo de tamaña perversión!) y no precisando para qué servía el Gran Canal.

Vivo en el 26-D, puerta con puerta con la mansión de mi tía y el Toñín (el 26-A), en lo alto de la torre, departamento heredado de mis difuntos jefecitos santos que la lotería nacional los tome en cuenta para futuros reintegros, y cuando se rechingan los dos elevadores puedo pasarme una semana sin llegar a mi casa, y cuando se reputea la bomba del agua puedo pasarme una semana sin bañarme. Abajo, cerca del pastito que bordea la torre, donde cogen en lo oscurito los que pueden y luego tienen la paciencia de quitarse la tierrita y las hormigui-

tas del prepucio y el pubis, tengo encadenada mi motocicleta con cadena del número 16 (después de eso sólo
quedan las cadenas con las que andan los portaviones) a
un poste de luz que no alumbra una celestial chingada ni
de noche ni de día. Qué agonía. Bajé todos esos pisos en
elevador, llegué hasta la moto y me lance a la historia.

Media hora después, mientras trataba de acordarme
de la *Oda de amor a Stalingrado* de Neruda, completita,
sin brincos, para recitarla de corrido (no hay como eso
para evadir el vómito, según mi particular experiencia),
me enseñaron los muertos, que eran cinco y no seis.

—¿Hay identificación positiva? —le pregunté al ayudante, un güey con abundantes barros y eccema facial. A
todos se nos pega el lenguaje burocrático. Es una plaga
que ni el bacilo de Hansen para hacerle chiquirrín a los
leprosos. ¿Qué mierda es eso de identificación positiva? ¿Hay identificación negativa? Llega un güey y dice:
«No, fíjese usted, la ñora esa de bigotes no es mi abuelo
paterno, mi abuelito tenía un güevo más grande que otro
y no se pintaba rayas azuladas en la greña...»

El encargado de refrigeradores me lanzó una mirada
libidinosa (ha de estar bizco el pendejo, o le han de gustar
chaparritas y con casco de motociclista) y me mandó con
un gesto a platicar con el doctor Acosta, que es un forense
que me cae que nos merecemos los ciudadanos del Defe.

Había tenido contacto profesional con él dos o tres
veces. Que conste que eso consiste en hacer preguntas
con cara de periodista y no ponerse a jugar con la de
mear del doc, como pudiera sospechar cualquiera que
leyera esto del «contacto profesional». Era un hombre
cuyo pelo le surgía de la cejas, y del que yo no dudaba ni
tantito que cuando se quedaba a solas con los difuntos,
les metía el dedo en la nariz para sacarles los mocos. Un

tipo ad hoc para diputado por el PRI en la zona de la difunta Candelaria de los Patos.

—Los torturaron —dijo—. Gacho, mi joven periodista. Si quiere, luego le hago el resumen.

—No, de una vez y todito, que me dan media plana completa para esta historia —mentí.

—Pues ahí le va —dijo, y en lugar de ponerse a trabajar el muy güevón llamó a Mariano, su ayudante, para que le hiciera el trabajo de cultivar a la prensa.

Mariano es de otro nivel en aquella casa de Usher para nacos. Todavía tiene capacidad para indignarse y eso, en alguien que vive con difuntos y trabaja entre ellos, ya es cosa grande. Mariano está haciendo su servicio social aquí como castigo por haber dirigido un movimiento de huelga entre los médicos internos en el Hospital General. Me da confianza. Porque yo podré tener veintitrés años y una experiencia raquítica en la vida (como diría mi tía), pero en esta ciudad uno aprende rápido y prefiere ponerse en manos de un médico huelguista que en manos de un esquirol. En todos los sentidos.

—Cinco, mi reina, y todos torturados. Unos más y otros menos. Primero generalidades —dijo Mariano ordenando todo sobre su mesa y tras haberme advertido que iba a ahorrarme la tomada de notas, porque me iba a regalar fotocopias de los expedientes. La generosidad se explicaba porque la semana anterior había leído un artículo de esta servidora sobre la huelga de hambre de una oficinista de Hacienda, y entre cuates—. Tres hombres, dos mujeres. Cincho que son burgueses.

—¿Por qué?

—Porque los proletarios no tienen las ventanas de la nariz como túnel del metro de tanta cocaína que se metieron en vida... Les amarraron los brazos a un sillón con alambre de púas. Tienen todos entre cuarenta y cincuenta años. Hay cositas ahí que te pueden servir, yo hice los informes y están bien; no dejé que los estropeara el imbécil de mi jefe. Uno de los muertos tiene manicurados los dedos de los pies. Otro tuvo sífilis. Una de las mujeres se hizo cirugía plástica en los pechos hace un par de meses. La identificación de todos va a tener que ser indirecta porque les volaron a machetazos rasgos faciales y huellas digitales. Por las placas dentales, por la operación de apéndice de uno… así puede ir saliendo.

—¿Cuándo los mataron?

—Ahí te lo pongo. A la mayoría entre el jueves y el viernes, hace dos días. A una de ellas puede ser que un poco antes… Apesta esta mierda, Olguita. Ponte a mirarla desde lejos. Los judas que vinieron por aquí hablaban menos que de costumbre, ni bromas hacían. Ándate abusada, no vaya a ser algo de adentro. Estos difuntos traen una serpentina arrastrando de la cola.

Hay consejos pendejos y consejos sabios. Mariano sabía lo que decía. Le agradecí con un beso tronado en el cachete y huí del servicio forense, no fuera que se me contagiara el frío. Dos licuados de fresa después, había decidido que por más que en el periódico hicieran todo lo posible porque se me olvidara el poco periodismo que sabía, yo tenía en las manos una historia. Y cuando una tiene una historia, lo primero que tiene que hacer con ella es llevársela a la sangre y seguirla hasta que la pueda contar y luego contarla de tal manera que a nadie se le olvide. Y si no era así, por lo menos así lo diría un personaje de Howard Fast perseguido por macartistas ojetes.

«Si me la han de meter mañana, que me la metan de una vez», me dije; me acomodé bien el casco y arranqué la moto.

Andaba de alta, tenía bien la presión y a todamadre el azúcar. Me sabía ardorosa, impávida, incauta, potente, vigorosa, ovariuda, vehemente, convincente, recién alfabetizada, radiante, ilusionada y bastante mexicana periodista...

2

Una casa en la colonia Roma

Me decidí por el Niño de Oro y no por el jefe de grupo de la judicial que debía estar llevando la investigación, porque si Mariano tenía razón, había que ser maoísta en este asunto y viajar de la periferia al centro. Y el Niño de Oro era ideal para llegar a una historia que apestaba por las esquinas, él sabía de malos olores más que el genio de la ingeniería nuclear que había diseñado Laguna Verde.

Yo llevaba únos zapatos azules que cuando llueve destiñen y le dejan a una las medias como si fuera pitufo, una camiseta verde con un hoyo a la altura de las costillas que según yo es muy sexy y que según Toñín es bújero pinche, y unos pantalones de pana a los que la pana parecía habérseles evaporado. El hoyo se lo hicieron a mi camiseta conmigo fuera, en un asalto a la Tintorería Madrid y los zapatos estaban sosiegos porque no estaba lloviendo. Lo bueno de esa indumentaria es que el Niño de Oro, en lugar de dedicarse a ligarte, adopta un tono paternal y se pone a darte consejos. Y entre consejo y consejo pasa algunas pizcachas de más que regular información.

El Niño de Oro no es tan viejo como yo, cumple los veintitrés una semana después. Estudiamos juntos comunicación en la Universidad Metropolitana y juntos abandonamos el año antepasado con la casi totalidad de nuestra generación. Puros pinches desertores. La diferencia entre él y yo, es que mientras yo envidiaba a Norman Mailer, el Niño de Oro envidiaba a Frank Nitti y a Randolph Hearst. De manera que yo entré a un diario y él a Relaciones Públicas de la Procuraduría del DF. Tuvo carrera fulgurante, nueve meses, como embarazo. Ahora está desempleado después de que su jefe anda prófugo acusado de asesinato, tráfico de blancas y venta ilegal de armas de fuego. Está desempleado después de haber hecho una carrera vertiginosa y él dice que: a) no por mucho tiempo; b) ni falta que le hace el empleo, y c) su jefe no traficaba con blancas sino con prietas.

Viste traje azul marino de tres piezas, delgado, siempre nervioso, peinado al estilo afro, con corbatas de seda italianas (según él, yo nunca me acerco lo bastante para verle la marca, no sea que lo corrupto contagie) y mocasines negros muy brillantes. El problema es que cuando se pone muy nervioso tartamudea y a veces se tira un pedo a mitad de una conversación. Un dechado de virtudes el Niño de Oro. Pero aquella mañana estaba bastante contenido, y mientras yo miraba por una ventana el cielo grisáceo del Defe, me contó un montón de verdades y de mentiras sobre los muertos. Reconstruyo:

—Mira, Olguita —me dijo—. Mañana o pasado van a comenzar a aparecer las identificaciones, pero desde ahora te digo que hay algo raro, porque cuando lo vi en la tele hice un par de llamadas a los güeyes estos, mis contactos adentro. Porque uno siempre tiene contactos en todos lados por lo que pudiera ofrecerse. Y los cabrones casi sueltan el teléfono y lo dejan caer al piso. Esta historia no la quieren agarrar ni con palito, ni con pinche pértiga (aquí se tiró un pedo). Pa'mí que no deberías meterte mucho en eso, nomás contarlo de lejos. Además es horrible, todos cuchos, mordidos por las ratas, con la cara desfigurada a machetazos... Tú eres estética, ¿para qué te metes en esto?

—Dame algo —le dije.

—Bueno —se metió los pulgares en los bolsillos delanteros del chaleco y dijo—: El caso era del capitán Mendizábal y como dos horas después de habérselo dado, se lo quitaron y se lo dieron al comandante Melchor Siller.

—¿Y eso qué significa?

—Significa lo que significa. No se dan casos y se quitan en dos horas. Además, si yo fuera tú, me iría a buscar una casa en la colonia Roma.

—¿Para qué la quiero? Yo tengo mi cueva en Mixcoac.

—Ya no te voy a hacer favores, porque eres muy pendeja —dijo el Niño de Oro rematando la conversación.

De manera que, al final de aquella mañana, volví al único lugar seguro donde no pensaban que yo era tarada, a la ciudad abstracta y a mi motocicleta concreta. Cruzaba las calles a 35 kilómetros por hora con el viento en la cara; poco, porque a esa velocidad no se cocinan grandes efectos especiales; pensando en lo que había reunido y en los pasos siguientes. Pero la ciudad, como siempre que voy por rumbo incierto, me capturó.

Yo soy de la generación de loquelvientosellevó. Los que la heredaron ya hecha. Los chilangos, las ratas del asfalto, la Brigada Panzer de Reforma, la carga de los 600 de avenida Insurgentes, los malvados del Zócalo visto como calle mayor en momento de duelo en Yuma City. Por eso conservo todo el amor del bueno por la ciudad en la que aleteo (eso suena indiscutiblemente a Lara, de manera que puede paladearse el eclecticismo). El Defe está escondido entre los que lo desmadran desde el gobierno y la iniciativa privada (que nomás toma iniciativas pa'joder al personal, con lo cual es bastante pública) y los que lo quisieron durante la revuelta del 68 y ahora se quejan de que las cosas ya no son como eran antes. El sector chillón de la conciencia nacional, los protestadores contra la contaminación-la violencia-la crisis-lo pinche questáesto últimamente. Mi generación no cuenta. Somos los de loquelvientosellevó. Nos gusta el Defe por mugroso y culero; el smog produce los mejores rojizos atardeceres; con agua de inundación se riegan las mejores flores en los parques; cuando se toman de la mano los supervivientes de San Juanico los mexicanos lloramos y volvemos a tener güevos.

De manera que gocé cada metro del viaje, la bajada en segunda del puente del Insurgentes; la circularidad despistadora de Amsterdam, llena de extraños pajaritos mutantes de la contaminación que brincan buscando charcos resecos; el mercado sobre ruedas de Campeche, repleto de confiables mujeres a las que les gustaba vender lechugas de un verde fascinante; las pastelerías del norte del Parque España, humeando por las puertas traseras milhojas y fresas con chantilly; la ciudad invadida de vendedores ambulantes prófugos de una esquina del Loop de Chicago; la neura ruidosa y llena de mariachis electrónicos alrededor de la glorieta de Insurgentes.

Esos caminos y los de mi moto se estaban volviendo pura metafísica y entonces me paré a zumbarme dos jarritos de tutifruti en un puesto de hot dogs, con lo cual se me subió el azúcar, las hormonas (aproveché para ponerme una antinatura sobada en la chichi izquierda) y las neuronas.

Terminé estacionándome frente a la cueva del Ciego Aguirre en Reforma, y como siempre en las historias bíblicas, en aquella ventosa mañana, el buen Ciego aportó la luz.

—Te va a costar un disco doble. El de Acerina y su danzonera de Musart donde, si fueras una experta y no una inculta a la que le gusta Julio Iglesias, podrías escuchar la mejor versión del *Danzón Juárez* que se ha grabado en este país y los demás mierdas de países que hay en la tierra.

El Ciego no es ciego, sólo es de esos miopes que causan lástima en las fiestas de quince años. Que por ciegos se ligan a la mamá de la del cumpleaños y cuando se dan cuenta de tamaño horror ya ni morderse la corbata les queda y tienen que colaborar a desarrugar el chiquirrín de la susodicha, mientras los demás tratamos de que el papi no se entere de lo que está pasando y lo empedamos con el ponche. El Ciego Aguirre es de esos y además es el mejor documentalista joven que hay en este país (y los demás mierdas de países que hay en la tierra). Lástima que en lugar de trabajar con gente decente lo hace para la USIS (como quien dice la CIA). Porque este jodido miope no tiene principios, y mientras le regales discos, le pagues a la quincena y le des un chingo de periódicos para recortar, no pregunta para quién trabajas. Sus servicios extras al público los tarifa según su sentido del humor.

—Quiero que me encuentres una casa en la colonia Roma.

—Estás loca, Olga, mi amor. ¿Dónde la busco? ¿En la sección del aviso oportuno de *El Universal*? ¿Qué busco? ¿En deportes? ¿La inauguración del Instituto Cultural Vladimir Ilich Lenin? ¿Un burdel prehistórico? ¿El 150 aniversario de la pastelería El Globo?

—Una casa, en la colonia Roma, ligada a un escándalo, gente desaparecida, algo así.

—¿Cuándo?

—Últimas semanas. Tres hombres y dos mujeres, cuarentones, cincuentachos, rucos pues.

—¿Qué tan atrás me puedo ir en el rastreo?

—Un mes… anda, prueba.

—El disco de Acerina y el volumen siete de mambos de Pérez Prado. Órale, vaya en chinga a buscar el pago si quiere respuestas.

Por eso quería al buen Ciego. Podía dejar de lado todo el trabajo que le encargaban sus patrones y por el que lo tenían encerrado en aquella oficina llena de revistas y periódicos recortados, y cuando llegaba un cuate de la generación echarse un fast delivery, como de tintorería. Chingón, el Ciego Aguirre, otro más de los de la generación de loquelvientosellevó; con la variante de que no viajaba por la superficie; era de metro, adepto a la luz de neón, la pura palidez astral, la noche eterna.

Sabía donde encontrar tamañas joyas discográficas, y además en saldo. En menos de una hora fui a San Juan de Letrán, compré dos discos quemando mis fondos de resistencia y regresé.

—Aquí tienes tu casa de la colonia Roma, Olga, con tus cinco desaparecidos y todo —dijo de entrada el Ciego tendiéndome un fólder con varios recortes.

—Bendito seas —le contesté arrodillándome, lo que causó el estupor de un gringo que venía entrando. Entregué discos, le agarré de cariño una nalga al Ciego y salí volando. Todo en el mismo impulso vocal, como dicen los críticos de ópera (son la vulgaridad esos tipos).

Lo leí en el Parque de la Madre, a la sombra de la estatua monstruosa y sin mirarla demasiado, no fuera que contagiase la maternidad; expedientes y recortes, vigilando a ratos un partido de futbol del personal de una funeraria que aprovechaba su hora de comer para el deporte. Luego me lancé al periódico.

«La realidad —como decía Marx a su sirvienta— es necia». La sirvienta supongo que también sería necia, y yo bastante más.

El jefe de redacción, un pinche anciano de treinta y cinco años, miembro de la generación que se masturbaba en las películas de rockeras mexicanas, viendo con fruición los vaivenes de las minifaldas de Hilda Aguirre y Julissa, trató de impedirme el acceso a la Remington. Lo amenacé de muerte súbita, de darle un golpe de *karácter* que le enviaría un güevo a hacerle compañía a las amígdalas. Le supliqué que en nombre del sagrado oficio me dejara escribir la nota. Y luego de pilón le advertí que, como cortara una sola línea, media coma, mutilara una idea con la palabra o el pensamiento, se iba a pasar los próximos seis meses echándose vickvaporrub en el fundillo. Se rindió y me levantó los dos días de castigo.

Así terminó aquel extraño primer día de una guerra por venir. Al salir de la redacción, dejé que el aire de Reforma me limpiara los humos de gloria. El aire frío, un semáforo en rojo allá a lo lejos, tres parejas que salían de la última función del cine París, una loca que le rezaba en voz alta al Santo Niño de Atocha, dos mendigos ciegos. Las cosas que el frío le anda poniendo a una en los ojos, me dieron miedo.

3

Cuéntame una historia

«Vámonos tocando atrás, que produce gran confort», me dije a mí misma y me subí a la motocicleta. Mi moto es un potente vehículo de dos ruedas que, si tienes un par de chichis como las históricas de Anita Ekberg, puedes manejar sin meter las manos. No es mi caso, con las mías ni tocar la bocina. Una Vespa Ciao que da 35 kilómetros en llano y diez en subida, gasta mil pesos de aceite y gasolina al mes, arranca de pedalazo y en el puente de Insurgentes hay que ayudarla para que suba. No pido más que eso, un modesto transporte que les dé lástima a los automovilistas y los invite a la compasión y no a mandarte a mamar verga en el arroyo con un llegue por Detroit.

La noche era noche cerrándose, que quiere decir que ya no dará marcha atrás. La Ciudad de México, como bien había señalado cierta vez el barón Alexander von Humboldt a un íntimo amigo suyo, olía a caca al oscurecer. Hoy no violaba su esencia. Humboldt debió haber sido corrido a chingadazos del país, pero en aquella época el Secretario de Gobernación era más benévolo y dejaba a los extranjeros hacer descubrimientos, no sólo robar el Museo de Antropología.

Yo tenía miedo, pero llevaba debajo de la camiseta una copia de mi artículo y eso calmaba el baile de las neuronas. Como me había enseñado mi maestro Rogelio Vizcaíno, el mejor lector de periódicos es uno mismo, no hay como el autoconsumo, y yo estaba dispuesta a leerme a mí misma hasta el aburrimiento aquella noche. De manera que coloqué el miedo en la canastilla delantera de la moto y huí hacia las alturas mixcoaqueñas.

En las puertas del elevador del piso 26 me estaba esperando el Toñín.

—Olguis, me zurré.

—En la madre, ¿y tu jefa?

—Se fue de farra la guefa, Olguis. Cuéntame un cuento.

Tomé a Toñín en los brazos, lo llevé al baño, le proporcioné un pañal limpio, le di instrucciones teóricas de cómo cambiárselo, que cumplió con esmero y luego lo acosté en mi cama. Cuando su madre llegara lo encontraría en mi departamento. Mi tía ya se estaba acostumbrando a ligar nana gratis.

—A ver, Toñín, ahí te va el cuento.

Y empecé a leerle la crónica.

«Los desaparecidos de la colonia Roma son los muertos del Gran Canal. Un reportaje de Olga Lavanderos.

»Los cuerpos torturados y desfigurados para impedir su reconocimiento que aparecieron ayer en la mañana flotando en las aguas negras del Gran Canal, han sido identificados por esta reportera, adelantándose a las investigaciones oficiales, como pertenecientes a tres hombres y dos mujeres que habían desaparecido misteriosamente hace dos semanas y al final de una fiesta en la calle Orizaba 27, de la colonia Roma.

»Hoy es posible establecer sin lugar a dudas que los cuerpos pertenecen a Margarita Campos de cuarenta y tres años, abogada de la empresa Rizel, S.A.; Saúl Raúl Escobar de cincuenta y un años, dueño de la concesionaria VW de la avenida Patriotismo; Leandro Vargas Toledo de cincuenta años, propietario de una cadena de dulcerías en la Ciudad de México; Eva Andrade Suárez-Solís de cuarenta y un años, dueña de un salón de belleza, y Teodoro Irales de cuarenta y seis años, propietario de la agencia de viajes San Andrés, situada en el mismo edificio de la calle Orizaba donde se produjo la desaparición.

»Los cinco asesinados fueron reportados como desaparecidos el miércoles 2 de septiembre, tras una reunión amistosa que se había celebrado en últimas horas de la tarde en el segundo piso del edificio donde se encuentra la agencia de viajes. Los testimonios de las dos secretarias y el contador de la empresa establecieron, hace unos días, con toda claridad, que los cinco personajes permanecieron en el interior de la agencia a la hora del cierre de las oficinas. También quedó establecido que este tipo de reuniones no eran infrecuentes y que su patrón había vendido con cierta regularidad servicios turísticos a los otros cuatro asesinados. La desaparición fue reportada en días siguientes por parientes y asociados comerciales de los cinco implicados y se llegó a la conclusión que ésta debería haberse producido entre las 7:30, hora en que los empleados abandonaron la oficina y las 9:50, en que el chofer de Saúl Escobar pasó a recoger a su jefe en Orizaba 27 siguiendo indicaciones previas y se encontró la casa vacía y sin luces.

»La prensa sensacionalista de la capital narró esta desaparición en días pasados como el resultado de una "misa negra", basándose en rumores obtenidos del vecindario y en calenturas de reportero desinformado. Abundante tinta corrió durante la semana antepasada sobre las supuestas misas negras de la calle Orizaba, sin que se aportara ningún dato sólido sobre los personajes que se habían reunido en la fiesta, su personalidad o sus hábitos.

»Los cuerpos localizados ayer en la lumbrera 17 del Gran Canal llevaban sumergidos más de 24 y menos de 48 horas, y sus propietarios fueron asesinados con balas de calibre 38 disparadas, en cuatro de los casos, a corta distancia, bien en el pecho o en la nuca. Todos ellos mostraban huellas de tortura, con quemaduras de cigarrillos, golpes que habían originado múltiples fracturas anteriores a la muerte y varias heridas en los brazos, producidas por haberlos tenido amarrados durante un tiempo, probablemente a una silla, con alambre de púas. El quinto cuerpo, el de Margarita Campos, mostraba que las causas de la defunción habían sido golpes en el tórax que habían destrozado órganos vitales y producido una hemorragia interna que causó el fallecimiento. Todos los cadáveres fueron mutilados en rostro y manos, obviamente en un intento fallido de dificultar la identificación.

»La investigación está a cargo del comandante de la policía judicial Melchor Siller, quien relevó al capitán Mendizábal en una situación muy poco habitual en los medios policiacos. Mendizábal tuvo a su cargo sólo durante dos horas las averiguaciones sobre el múltiple crimen.»

Para estas alturas, Toñín, valiéndole madre la historia, se había quedado profundamente dormido. Yo pensé para mí: vaya mierda de reportaje que hice, si dormía hasta a un niño de cuatro años. Iba a tener que ponerme a estudiar periodismo de nuevo. Si ese era todo el jugo que podía sacarle a una historia como ésta, estaba jodida. Había sido además un vil golpe de suerte. Seguir la pista que había dado el Niño de Oro y ponerle encima los recortes que me había pasado el Ciego. Cualquier colega podría haberlo hecho en dos horas de trabajo; a mí me había tomado más y me había costado dos discos. Cualquier tipo medio informado en el ambiente criminal del Defe se habría ido más rápido. Después de todo, no existen tantas desapariciones a la semana en la Ciudad de México. Es más, la policía debería saberlo ya y se lo había guardado por un día o dos. No era gran cosa. Sumar: cinco de un lado, cinco de otro.

Luego la noche, que es benévola con sus mejores hijos, me metió un putazo de sueño y me mandó de vacaciones al descanso de los justos.

4

La primavera es un estado anímico

Todo el mundo en México sabe que cuando se trata de escoger la tela para tu mejor uniforme de combate se puede elegir entre variadas manufacturas locales: tela zumbo, tela empino, tela engargolo, tela de Java, tela enchufo, tela en gancho, tela rugo, tela en paco. Yo era partidaria de tela desconcierto o de la tela alumbro para los trajes de noche y de tela reviro para los smokings, aunque la mayoría de los tipos que había conocido anclaban con saco de tela medás lástima. Esa mañana, a la hora de decidir, me animé por el cuero negro, básicamente porque es la única chamarra que tengo.

Estaba amaneciendo. Sin embargo los signos del otoño no estaban por allá afuera en ningún lado. La ciudad parecía haberse tragado las cuatro estaciones y vomitado una estación continua de hace-calor-a-ratos y cuando te lo creas y salgas encuerada a pasear, te empapo con la lluvia. Pero la primavera es un estado mental. Trotski, en *Resultados y perspectivas*, había dicho: «Qué bien está que los obreros se fíen de la voz de la primavera». Me iluminaba la lírica materialista-dialéctica de tal manera que yo tenía la mejor voluntad del mundo en esto de creer en la primavera. Incluso andaba buscando un disco del pianista negro Bill Evans que traía una canción titulada *You must believe in spring*.

De manera que volvía a mirar para ver si la primavera estaba por allí y de nuevo no encontré nada. Ni siquiera el otoño que se supone debería haber estado. Bien. Bueno. Bien. Demos por obvio que la primavera es un estado anímico, de manera que me tomé una cerveza para desayunar, que por cierto era la única que había dejado en el refri de las seis originales junto con unos chilaquiles todos mohosos y verdosos, que los seguí guardando por si alguna vez mi ex novio, el Carlos López, se animaba a venir a comer a la casa. Me puse en primavera una blusa blanca y sobre ella la chamarra, me puse en primavera dos calcetines diferentes, aunque ambos azules, porque no encontraba la pareja ni a madrazos y, mientras planchaba los pantalones vaqueros de las mejores batallas, decidí peinarme con fleco y cola de caballo.

Diez minutos después estaba en la calle a ganarles la exclusiva a mis colegas. Tenía de duques, o recorría el camino que habían hecho policías y periodistas dos semanas antes con la ventaja de que ahora conocía el final de la historia, o buscaba a alguien que me lo diera mascadito; podía ser el galeote que cubría habitualmente la nota roja en *La Capital* o el comandante de la judicial a cargo del asunto. Opté por dejar a los judas para después del desayuno (el del año que viene, si se podía) y al moco de la nota roja de mi diario para al rato, y me fui a repetir la ruta.

Una siempre piensa que es más lista que sus compañeros de oficio, aunque mi entrenamiento esencial se haya realizado en una universidad que interrumpió mi educación a la tierna edad de dieciséis años o en la sección de espectáculos del diario más chafa del Defe. La verdad es que hay motivos sobrados para creerlo, sobre todo después de haber descubierto en las estadísticas del Seguro Social que la causa número uno de accidentes entre los periodistas mexicanos es la fractura de los dedos índices cuando les quedan atrapados entre las teclas de la máquina por descuido. Tipos así se merecen que se haga el trabajo de nuevo.

La academia de belleza estaba en un segundo piso, en la calle Doctor Vértiz. No había ninguna belleza por ahí, ni entre las que atendían ni entre las ilusas que se dejaban mejorar. Yo no tenía ninguna intención de peinarme de salón después del trabajo que me había costado mi cola de caballo, de manera que saqué mi credencial de prensa y logré que en torno mío se arremolinaran las tres muchachas que atendían y un par de clientas.

—Era re'buena gente la señora.

—Y qué feo que la mataron.

—Ella no había hecho nada.

—Seguro que los niños todavía no saben nada.

—¿Qué niños? —pregunté por decir algo.

—Los de ella, tenía dos, era divorciada doña Eva.

—Y menos mal que se van a quedar con la lana de la venta del salón.

—¿A quién vendió el salón? —pregunté inteligentemente.

—A Lara, a Larita, el señor de la casa de masajes de aquí al lado.

—¿Y cuándo se lo vendió? —pregunté para que se viera mi pedigrí periodístico.

—Quién sabe, él nos lo contó hace como diez días.

—Pa'mí que la mató el señor de la agencia de viajes.

—¿Y eso por qué lo dice usted, señorita? —pregunté para que viera que no dejaba pasar nada.

—¿Usted lo conoció? —preguntó la chaparrita que bizqueaba de la emoción cuando yo tomaba notas.

—No, yo nomás lo conocí ya de difunto.

—Era un mamón, con perdón —dijo una rubia flaca, que luego luego se veía que le llegaba a las tinturas para el pelo con furor uterino.

—A nosotras siempre nos decía leperadas. Nos trataba como gatas.

—Si no la mató, la llevó por los malos pasos —dijo la chaparrita emocionada, tomando la línea de la última fotonovela consumida.

—¿Tenía dinero la señora? —pregunté ya en el vil sentido común.

—¿Cómo? ¿De mucho dinero?

—De bastante.

—Pues yo creo que no. ¿Tú qué dices, Marisa?

—Pues lo que daba el salón y ya.

—Se lo había puesto el marido antes del divorcio —terció una clienta.

—Ya no es como antes lo de los salones de belleza. Desde la crisis… —dijo la otra clienta.

Y ahí, Olguita, hija mía, emprendió la huida. Si algo no soportaba eran las conversaciones sobre la crisis. Bastante jodidas eran la mierda de la crisis y la inflación para además andar hablando de ellas y dedicarles la cabecera del periódico y una sección financiera que mejor podría aprovecharse para reproducir lo mejor de *Macho Men* o los discursos póstumos de Enver Hoxa.

El del salón de masajes resultó, a pesar de lo de «Larita», un caballero heterosexual que lucía el tres veces «H» apellido Lara y una bella cabellera plateada. Capoteó las preguntas con respuestas, que diría mi jefe de redacción, anodinas, y sólo destelló luz cuando le pregunté que cuándo le había vendido el salón de belleza.

—El viernes, y de una manera muy apresurada.

—¿Cómo que el viernes? ¿Eso es el 11, no?

El tipo sacó su agenda y asintió.

—¿Está usted seguro?

—Mire, aquí tengo el contrato de compraventa y fue en viernes. Estoy seguro, porque me tuve que lanzar al banco para sacar dinero de plazo fijo. Ella lo quería todo en efectivo y le tuve que dar la mitad en pesos y la mitad en centenarios.

—¿Seguro que el viernes?

—Sí, porque comentamos con ella y con el señor que la acompañaba que tenía que ser ese día, porque al día siguiente no había bancos… La verdad es que se lo compré porque me lo dio muy barato.

—¿Se podría saber cuánto?

—Trece millones de pesos. Nada. Menos que lo que cuesta un Volkswagen. De puros aparatos eléctricos usados, yo le saco como veinte millones vendiéndolos con calma.

—Carajo —dije—. ¿Y cómo era el señor que la acompañaba?

—Un señor grande ya, como de unos sesenta años, con un bigote muy poblado, de traje. Se ve que la quería mucho, porque siempre la abrazaba y la traía tomada de la mano y para nada la soltaba. Tenía el pelo castaño, pero no se veía distinguido, estaba pasado de peso.

Nueve días después de la desaparición, una de las asesinadas andaba por la calle con un señor de sesenta años «que se ve que la quería mucho». Tan tranquila.

En la agencia de viajes no querían hablar ya con nadie. El encargado me recibió con cara de asco y me hubiera largado de allí en chinga si no fuera por mi absoluto amor a la colonia Roma y porque pensaba que estaba pisando en firme.

—¿Cuándo vieron por última vez al señor Irales?

—Ya se lo he contado a todo el mundo, hasta a un reportero de su mismo diario, un chaparrito.

—Verá, es que ahora que aparecieron los cuerpos estamos haciendo un recuento…

Se armó un tremendo alboroto. Parecía que los de la agencia, al igual que otros casi 20 millones de habitantes del Defe, no leían *La Capital*.

—Pobre señor, lo dejamos aquí con sus amigos el miércoles 2. Ya no volvió al día siguiente, no fue a dormir a su casa. Ya no se comunicó con nosotros, con todo y que había dejado varios pendientes.

—¿Algo fuera de lo normal cuando el señor Irales se fue?

—Se llevó el dinero de la caja chica y unos cheques al portador que deberíamos transferir a Panamericana. No hizo el ingreso, aunque a veces lo hace. Y desaparecieron unos boletos. Pero eso a lo mejor es que los vendió esa noche y no nos informó. A veces lo hace y se arman unos líos contables…

—¿En qué banco tiene chequera?

—En el Internacional de Cuauhtémoc tiene una y otra en el Nacional de Insurgentes y Baja California; si quiere le puedo dar los números de cuenta…

Una hora después, cuando salía del segundo banco, me senté a caballo de mi fiel Silver. Los personajes habían desaparecido el miércoles 2, pero el viernes 11 Eva había vendido su salón de belleza. Irales había cancelado sus cuentas de cheques el lunes 7 y convertirlo todo su dinero en efectivo. Nadie recordaba la operación con detalles, aunque tuvo que entrevistarse con el gerente de la sucursal para agilizar el trámite. Sólo sabían que había entrado con dos amigos suyos indescriptibles, trajeados, de su edad (ningún parecido con el hombre de sesenta y pelo castaño), y que había salido con 60 millones de pesos en un portafolio y con destino a la nada.

No era tan complicado, hasta una tarada como yo podía averiguarlo. Entonces, ¿por qué no se había dicho nada? ¿Por qué la policía no había sugerido que se trataba de un rapto y que los personajes recolectaron el botín con la ayuda de sus raptores?

¿En qué carajo me estaba metiendo? Comenzaba a caer una lluvia fina. El viento la arrojaba sobre los puestos de periódicos y las taquerías.

Dos horas más tarde, sacrificando la comida, me había enterado que Saúl Raúl Escobar, otro de los desaparecidos, el sábado 5 le había vendido su parte de la concesionaria de automóviles a su compadre y único socio. Una venta desconcertante, a toda velocidad, como si le hubieran puesto un cerillo en los gamborinos, argumentando que tenía graves problemas y que tenía que salir al extranjero. Su socio, un gallego que no debía distinguir entre meterle el pedal al acelerador y ponerse bien pedal con líquido de frenos, le comentó a la policía que era mentira eso de que habían desaparecido el miércoles, que él había estado con Saúl Raúl (el cacofónico personaje) el sábado y que se veía bien. Le había preguntado dónde había estado metido, por qué no se reportaba a la casa, y no recibió más respuesta que un enigmático: «Es que tengo problemas, mano». Dos hombres lo habían acompañado. «A uno le faltaba un dedo de la mano derecha», dijo el gallego muy ufano de sus dotes de observador, «el dedo chiquito.»

Los cinco asesinados habían desaparecido un miércoles al atardecer de una casa en la calle Orizaba y durante los siguientes diez días reaparecieron y desaparecieron acompañados por diferentes personajes, consiguiendo dinero fresco aún a costa de tirar a la basura el pequeño negocio de sus vidas. Surgían de la noche y reaparecían en la ciudad. Dos y tres días después de su última aparición, los habían asesinado. Un día más tarde, estaban flotando en un canal de desagüe.

Con la cabeza dando vueltas, me fui a comer algo. Seguía lloviendo, pero a mí me parecía que la lluvia no me importaba demasiado.

5

La versión oficial

Tenía hambre, pero sólo comí cuatro naranjas. Estábamos rondando el inicio de la quincena y yo ya había dilapidado mis fondos de emergencia en quién sabe qué. Creía recordar que después de una cruda me había metido en Liverpool Insurgentes a comprar Chanel Nº 5 en cantidades (2). Los frascos debían estar escondidos en alguna parte de la casa. A lo mejor los podía revender sin perder demasiado en el canje. El caso es que sólo naranjas. Mis afinidades con el pensamiento de Gandhi se estaban poniendo cabronas en las vías de la práctica. De postre, pensé si sería correcto echarme las cáscaras de las naranjas, pero opté por un café de olla en una lonchería frente al mercado de la Escandón.

Mis abundantes lecturas de novelas policiacas no ayudaban un carajo. Por otro lado, mi cultura clásica y antimexicana me paralizaba. Era el rollo contemplativo. Balzac y Chejov juntos no ofrecían recetario para entrarle a la sociedad local. Los personajes de Turgueniev y de Cervantes no sobrevivirían dos días en el Defe, ni con heroísmo ni con picaresca; y sus lectores menos. Mi sabiduría periodística tampoco daba para mucho. En el fondo, yo había sido hasta ayer niña bonita reportera de espectáculos (o sea, de culos expectantes si mis conocimientos de las raíces grecolatinas del español no andan mal) y eso no resolvía casos de aparecidos flotando en el Gran Canal. Por eso me coloqué la mejor sonrisa y me fui a ver a Padilla, el reportero de crímenes, conocido por sus mejores amigos como el Roñas. De cómo lo conocían sus enemigos, mejor ni hablar.

Padilla confirmó mis impresiones originales sobre la ausencia del sentimiento amoroso entre los nativos de la tribu local:

—Pinche escuincla metiche, ¿qué chingaos se anda metiendo? —me dijo mirándome lo más chueco que podía desde su escritorio. Se ve que había leído mi artículo.

—Jefe, me metí en sus temas porque la ambrosía del crimen me atrae como al moscardón las heces.

—Le voy a meter un vergazo y lo único que le va a gustar entonces es la mierda.

—Padilla, usted a mí no me puede pelar nada, porque no tengo nada que pelar; si no, tres y las malas… ¿Qué está pasando, Padilla? Ilumíneme, no sea cabrón. No trate a patadas a sus colegas más jóvenes. No sea ojete. No sea egoísta. No quiera para sí toda la luz que desprende el submundo criminal de la Ciudad de México. No sea culero con los jóvenes, que ellos heredarán su sabiduría.

La plebe se había venido reuniendo mientras yo me arrodillaba a prudente distancia de Padilla y le extendía los brazos en ruego, mientras se me estaba escapando la carcajada.

—¿Quién enseñó a Martínez a cogerse a la esposa del jefe cuando éste salía en gira presidencial? ¿Quién enseñó a Viñales a chaqueteársela escondiendo su sexo virgen bajo la máquina de escribir? ¿Quién me dotó de mis primeras letras y me enseñó a no guacarearme en la máquina tecleando el sagrado reportaje?

Eso lo desquició. Dos meses antes había llegado pedo a la redacción y se vomitó arriba de su Remington. Todavía sufría recordando que se la hicieron limpiar tecla a tecla.

—¡La mato a esta escuincla culera! ¡La mato! ¡Me la chingo!

Cuando avanzaba hacia mí con las peores intenciones y tropezando con sillas y papeleras, la voz de Dios cayó sobre ambos.

—¡Olga! ¡Padilla! ¡A la dirección!

El jefe nos latigueó con la mirada. No era cierto que Padilla hubiera estado soplándose a su vieja; esa era tarea del mensajero y de Luis Santillán, nuestro reportero estrella de futbol. Pero si bien no se la había zumbado, los tres (Padilla, jefe y esposa) se lo merecían. El dire debería tener unos cincuenta maltratados años y se había formado en el periodismo radiofónico de la peor calaña, narrando combates de box y haciendo noticieros que parecían manufacturados con Picalica Moulinex, destilando por todos lados jugo de chayote. Era servil con funcionarios y propietarios y azotador con sus inferiores; en este caso particular, Padilla y yo nos encontrábamos en condición de tales.

—Padilla, le exijo que trate a Olga como lo que es, una señorita, y no ande diciendo leperadas en la redacción y, además, ahora mismo le cuentas todo lo que sabes. Y tú —dirigiéndose a una humilde servidora que había encontrado su mejor cara de señorita que no ha escuchado una leperada en su vida—, por ahora te sientas a escribir lo que tengas de nuevo. Si no tienes nada mejor que ayer, le das dos vueltas y mañana me exprimes la historia, pero bien exprimidita. Olga, vas a seguir investigando directamente y Padilla se encargará de sacar la nota oficial de Relaciones Públicas de la Procu. Las publicamos juntas. Si tienen algo bueno, suben juntas a primera. Yo reviso personalmente los títulos en una hora. Dense la mano como colegas y compañeros que son. Punto. Ya dije todo. El periodismo es garra que no cesa, arte en movimiento, deber y esencia de la sociedad moderna... ¡A la chingada los dos!

Tardé en reaccionar. Tenía además los ojos cuadrados. Lo de «garra que no cesa» me había dejado al borde del shock. ¿De qué culero discurso de funcionario priista lo había sacado éste? Padilla estaba también fuera de combate, de manera que me tendió la mano y de la mano salimos de la oficina del jefe.

—Ya me chingó —dijo Padilla resignado. Había transferido su odio de mí al jefe—. Ya se comió la lana de la Procu él solo. Ya me chingó; yo quedo mal y ni mamo tantito. Lo quiere hacer grande para pizcarse el chico. ¡Qué culero! Por tu culpa, pendeja —remató soltándome la mano.

—¿Se chingaron los bistecs de tus hijos?

—No tengo hijos, mamona. ¿Para qué los quiero? ¿para que me salgan unos tarados que creen que lo saben todo como tú?

Le di una cariñosa palmada en las nalgas, a pesar de que medio me daba repulsión. Casi le chingo una anforita de Bacardí que traía en la bolsa trasera del pantalón. Me miró desconsolado, su furia asesina había desaparecido.

Nos sentamos en dos mesas contiguas bajo el ojo vigilante del jefe de redacción, que debería estar en la movida con el dire, y desde lejos nos miraba atentamente.

—Y estaba buena la historia, de jodida como de a

doscientos mil —dijo el Roñas en un último acto de resignación.

—Padilla, cuéntame la versión oficial. ¿Por qué decían que había orgías en la casa esa? ¿Quién salió con esa versión? ¿Por qué nunca se dijo que no estaban desaparecidos sino que los tenían secuestrados, que andaban por la ciudad recogiendo lana?

—Cállese el hocico, escriba lo suyo y yo escribo lo mío, luego nos lo pasamos. Y corregimos —dijo el sabio Padilla, alias el Roñas.

No andaba el asunto como para ponerle gasolina al cerillo, de manera que obediente me senté a darle a la tecla: «Durante los siguientes días a su desaparición, los cinco muertos de la calle Orizaba recolectaron dinero para sus asesinos. Un reportaje de Olga Lavanderos…»

Mi nota no era gran cosa. Le daba dos vueltas a la historia previa y contaba los detalles de la investigación que mostraban que los desaparecidos habían rondado como sonámbulos a la busca de dinero durante una semana. Luego iba en pos de la policía: «¿Cómo es posible que estas indagaciones elementales, que un simple reportero ha realizado en un día, se le hayan escapado a la policía a cargo del caso? ¿Sabía la policía que existían descripciones de los secuestradores y posibles asesinos? ¿Conocían estos datos y los han estado ocultando a la opinión pública? ¿Sabían que estaban investigando un secuestro y no una simple desaparición de los cinco personajes que se habían reunido en la calle Orizaba la tarde del 2 de septiembre?». Terminaba preguntándome si las familias conocían esto y quién había intentado encubrir el secuestro con la historia de las misas negras, como queriendo hacer responsables a los desaparecidos de su desvanecimiento de la realidad.

Las últimas preguntas eran el punto de partida para mi investigación del día siguiente. Terminé diez minutos antes que el Roñas y me dediqué a hurgar en la colección de periódicos del propio diario para ver lo que había escrito mi compañero en las semanas anteriores. Luis Santillán, que había asistido a la bronca, se acercó a coquetear.

—¿Qué pues, mi reina? ¿Cuándo vamos al pan?

—Con usted, pendejo, ni a la cola de las tortillas —le contesté mirándolo fijamente: retrocedió con prudencia y volví a sumirme en los diarios. Desapareció con la cola entre las patas.

El Roñas era un prodigio del materialismo vulgar, premarxista; cualquier mierda que le contaran sus amigos de la Procu, la volvía un hecho sólido con un par de adjetivos de premio. Perdía el sujeto a mitad de las oraciones, cambiaba el tema en el centro de un párrafo y no sabía rematar los artículos. Hubiera hecho las delicias de mi profa de redacción de la univé, lo hubiera agarrado de puerquito. Aun así, lo leí con cuidado. Al principio no eran más de cinco líneas contando la denuncia de la desaparición por los parientes, luego una docena de líneas hablando de que la última vez que habían sido vistos era el día 2; por último, lo de las misas negras.

La teoría del Roñas de que habían existido misas negras en la agencia de viajes estaba basada en las declaraciones que dieron a la policía, ni siquiera al propio Roñas, un par de vecinos anónimos, quienes contaban que las fiestas y tardeadas eran muy ruidosas, se oía música ritual (no se precisaba de qué tipo, lo mismo podía ser afroantillana, que cantos gregorianos, que la banda Timbiriche); que los basureros descubrían azorados en las mañanas despojos sangrientos en los botes de basura frente a la casa; que fueron vistas personas con ridículos disfraces desde la calle y a través de las ventanas de la agencia. Ergo: misas negras y extraños cultos. Por lo tanto, los que se meten en esos pedos lógicamente aparecen y desaparecen o más bien desaparecen y luego reaparecen muertos en un canal del desagüe. Faltaba, para acompañar las crónicas del Roñas, un editorial de alguno de los tarados acólitos de Octavio Paz que explicara cómo la magia chingadora estaba en la esencia de los mexicanos y la crisis social la hacía aflorar. Divino.

Levanté la vista para ver si el Roñas había culminado, encendí un cigarrillo (¡maldición gitana, estaba volviendo a fumar!) robado del escritorio de Marisela, la de sociales. El Roñas parecía aún ocupado sacándole virutas a las teclas de su guacareada Remington. Me seguí con la colección de diarios de la competencia. Algunas notas las conocía, estaban entre los recortes que me había proporcionado el Ciego el día de ayer. Sólo valía la pena una nota en *El Universal*. El reportero describía con placer malsano (como el mío) los destrozos hechos en la humanidad de los cinco difuntos y tomaba al vuelo frases de los policías que participaron en el rescate de los cuerpos: «ajusticiamiento de narcos», «mallas colombianas en México», «traidores de la banda de Ríos Galeana que le habían querido poner un cuatro a su jefe.»

Por fin, el Roñas se acercó a mí con su cuartilla y media. Maravillosa. Ofrecía la versión policial de la mañana de hoy. El jefe de grupo que comentaba el caso, establecía que efectivamente, «como se había mencionado en algunos medios de prensa», los muertos del Gran Canal eran los desaparecidos de la misa negra de la calle Orizaba. Ofrecía elementos para la identificación precisa: muestras dentales, cicatrices de viejas operaciones, etc.

Señalaba que las investigaciones estaban centradas en otros desconocidos asistentes a la misa negra. Sugería la posibilidad de ejecuciones rituales y señalaba que el caso no tenía precedentes en México. El Roñas había titulado la nota: «Eran más de cinco los asistentes a la misa negra de la calle Orizaba» y subtitulado: «Crimen ritual sin antecedentes en México, la policía a la búsqueda de los asistentes a las orgías». Nada de nada.

—Vamos con el jefe —le dije cuando terminé de leer la suya y él de ojear la mía. El Roñas asintió. Parecía absolutamente aburrido. Seguro lo estaban esperando en alguna casa de la colonia El Rosario para una rutinaria misa negra.

Se me ocurrió sugerírselo.

—Misa negra la que van a celebrar con tus restos, pinche escuinclita cagona. Se la van a coger los judas, niña Olga —dijo sin mayor amargura.

A mí, me dio un escalofrío.

6

La violencia en la ciudad

La violencia está en el alma del Defe. No hay que buscarla, ella te encuentra. Se aparece. Anda suelta. No es cosa nueva, viene de antes, tiene que ver con los pistoleros de Calles, el tribunal virreinal de la inquisición, los robachicos de los años cincuenta, las orgías del gabinete del general Santa Anna, el asesinato de vallejistas. Pero en los últimos años se ha nutrido de lo peor de nosotros mismos y del terrible horror profesional de algunos otros. Ha dejado de ser un accidente personal o una ocasional decisión del poder. Hoy, la ley de probabilidades apunta contra uno.

En las tardes, la selva entra por la ciudad y de repente una raíz rompe el asfalto. Un jaguar con los colmillos ensangrentados cruza paseando por la Alameda. Una camioneta blanca del DDF, de la que cuelgan unos musculosos adolescentes, se detiene en una esquina y éstos se descuelgan y comienzan a golpear a una vendedora ambulante, patean la fruta por el suelo, persiguen golpeando con tubos a un vendedor de hot cakes, roban un tendido de chicles, abofetean a un niño. Dos chacales devoran a mitad del Periférico los restos sangrientos de un atropellado albañil.

En la colonia Cuauhtémoc, una banda de ex policías entra al banco, donde una anciana vendedora de lotería está sacando seis mil pesos de una cuenta de ahorro y la dejan seca con una ráfaga de ametralladora, porque les estorba la visión de la caja principal. Las hormigas se comen los ojos de un jugador de futbol llanero, a medio enterrar entre las minas de las casuchas de una colonia de tomatierras, que han sido demolidas por trascabos apoyados por la montada. Cachorros de la burguesía que asaltan por placer en noches de inundaciones. Un policía de azul detiene un taxi y tras informarle al taxista que no ha desayunado, le pide cinco mil pesos de mordida.

En los basureros de Santa Fe salvajes amazónicos arrojan lanzas cuyas puntas han sido envenenadas con curare; los niños que se salven morirán por haber pescado en la basura chocolates contaminados que arrojaron en los tiraderos camiones de la Lady Baltimore. Despiden a mil quinientos obreros de una fábrica de planchas, 211 de ellos se emborracharán hasta el llanto hoy en la noche.

Canibalismo ritual en la colonia Condesa: las damas de la clase media salen a los mercados ambulantes a vender pays de carne de origen desconocido. La fiesta de la barbarie. La desesperación de la miseria llevada al nivel de la locura temporal. Un ministro de Hacienda inicia un pánico bursátil vendiendo sus acciones y convirtiendo el dinero en dólares. Una empresa estatal que trafica con leche contaminada por la radioactividad. Desde lejos nos animan: pintado en la pared un letrero en Mexicali que dice: «Mate a un chilango, haga patria». Dos enanos se comprometen en un pacto suicida y fallecen al arrojarse tomados de la mano ante las ruedas de un autobús foráneo.

Los jefes de la policía de la ciudad más grande del mundo manejan abiertamente el tráfico de drogas. Millares de violadores sueltos en la noche se saludan con gestos masónicos de reconocimiento por las esquinas nocturnas de neón. Un elefante bramando baja de las alturas de la avenida Toluca aplastando escolares de la primaria federal número 16; enloquecido arranca semáforos con la trompa. Una pareja de policías de la secreta entra en las oficinas de un joyero y le pide sus libros de contabilidad para luego informarle que es el cumpleaños de la mamá de su jefe de grupo y que se ponga a mano con unas piedritas. El hombre lobo narra partidos de futbol americano desde los estudios de Televisa San Ángel y se solaza con la gallardía con la que los norteamericanos se dislocan el hombro o permanecen firmes mientras se canta *The stars and the stripes*.

Paran tu automóvil en el Periférico y arrojan un cadáver en la cajuela. El monstruo del doctor Frankenstein apacible, tomándose una cerveza en el bar del Presidente Chapultepec. Casero que incendia su edificio de departamentos con todo e inquilinos para construir sobre las minas un edificio de seis pisos. Suicidas en bañeras ensangrentadas que no pudieron conjurar el descenso del poder adquisitivo con la fuga de sus esposas, que con maletas y para siempre, huían por la puerta final. Monos enloquecidos aullándole a la luna. Asaltos con desarmador en los estacionamientos de los súpers para robar las bolsas de comida.

Una maestra de danza de diecinueve años arrastrada por los pelos por un granadero en el Zócalo. Parvadas de cuervos enloquecidos que recorren las minas de arena de Mixcoac, buscando los últimos noctámbulos para sacarles los últimos ojos. Ráfagas de M1 en la noche, que suenan secas, anunciadoras de la fiesta. Grupos de policías que para completar el salario asaltan casas, violan a la patrona, las sirvientas, la hija adolescente, cagan sobre la alfombra, matan al marido a patadas, se llevan en camión de mudanzas hasta los jabones del baño, sonríen al despedirse. Las lianas, los árboles frondosos, el musgo, el pastito donde solíamos jugar invade la recámara, brota en el piso del ascensor.

Cuando no es la selva, es la acción del delegado de la Cuauhtémoc que envía bulldozers a perseguir a los puesteros de los mercados ambulantes, levantando la tierra de los camellones de la colonia Hipódromo para que sobre ellos no pueda asentarse el jolgorio del domingo. Maridos armados de picahielos, sus ojos mordidos por la locura, persiguen sirvientas insomnes. Desalojos al amanecer de familias en edificios roídos por los temblores y el moho, advertidos tan sólo por perros que huelen en el aire los camiones de granaderos. Sonrisas de gangsters y funcionarios públicos que auguran malos tiempos. La sombra de los ahuehuetes, en las noches de luna, esconde a los asesinos, que lamen las hojas ya sangrantes de los cuchillos y ocultan las placas del sheriff en la bolsa trasera del pantalón de dril.

Esta ciudad no me la han contado, yo la he visto.

La violencia arrincona, encierra en el autismo. Encarcela en la recámara ante el televisor, crea el mágico círculo de soledad en el que cada uno no puede apelar más que a sí mismo, cuando la pesadilla abandona el sueño y se queda, para siempre, a vivir entre nosotros.

Por eso hay que salir a retarla. Apostar hoy al 6 y mañana al 8. Salir a buscarla y saltar cuando aparece, ganarle la carrera. Salir a la noche y retarla, decirle: «Aquí estoy y corro más rápido que tú. Soy experta en huidas, en juegos de escondite, en fintas de karate celestial que permiten evadir el navajazo, hacer del disparo lluvia de confeti, de la puñalada serpentina.»

Así ando yo. Experta caminadora en las tormentas tropicales que cruzo sin mojarme. No por valiente. Los valientes perecieron en esta ciudad en una carga de caballería contra las ametralladoras de los federales en la Decena Trágica. No por valiente. Por cobarde con sentido común. ¿Qué puede haber peor que morir sola ante un televisor que te habla?

He caminado hasta el parque de La Ciudadela. La luna ilumina los viejos cañones de las ya difuntas tropas del general Joaquín Rangel. Una familia de indígenas, dos mujeres, un hombre, cinco niñas, conversa en un dialecto que no puedo entender. Deben estar buscando un lugar donde pasar la noche. Ellos heredarán la tierra, pero mientras la heredan, dormirán en el suelo.

Camino por el parque abandonado.

Dos horas más tarde detengo el elevador de mi edificio en el piso 20. Arrastrando los pies me acerco a la puerta A. Golpeo con los nudillos, suavemente, como queriendo hacer música. Digo: «Diego, abre». Nadie me contesta. Nadie me contesta. Toco de nuevo. Diego está viviendo en Zacatecas desde hace seis meses. Nadie va a contestarme. Quizá por eso, antes de subir caminando los seis pisos hasta mi casa, insisto.

7

La última barrera

Llegué al periódico a las nueve de la mañana. Los ojos como semáforos en rojo, la mirada perdida quién sabe dónde. Avisaron que estaban dando el pago del reparto de utilidades. La cajera me puso el sobre en la mano sin comentarios. Ojeé la cantidad anotada. Alcanza para dos cajas de galletas. Dan ganas de decirle algo para aliviar la melodramática mirada que me ofrece con rostro de perdonavidas. Tendría que buscar una frase sutil como: «¿Le presto un palo de escoba para que se lo meta por el culo, señorita?». No digo nada y firmo el recibo, no vaya a ser que la muy piruja se emocione con la oferta. Yo debía de estar baja de forma. Rondé por la redacción sin saber muy bien qué hacer. No estaba el redactor jefe. Salí a buscar en la calle la parte que me faltaba de la historia.

Una riada de automóviles se disputaba los tres carriles de Insurgentes. Comencé a pensar cuál sería la mejor ruta de motocicleta. Un hombre se me acercó y me puso en la mano un nuevo sobre en blanco. Miré primero el contenido del sobre, luego al tipo. El sobre contenía diez billetes de cinco mil, el hombre tenía manchas de catsup en el saco y un bulto no anatómico bajo el sobaco que lo deformaba hasta la solapa.

De manera que así es.

El tipo, con apropiada voz ronca, digna de película de Orol, muy en su papel, me dijo:

—Si hoy le da gripe, no puede venir a escribir su nota, señorita —y se secó una gota de sudor que le colgaba del bigote. Lo miré con fiereza. Tengo veintitrés años y estoy recibiendo mi primer chayote, mi primera mordida.

—Haga de cuenta que no lo oí —le dije.

—¿Les digo que no me oyó?

—Eso.

—¿Y el sobre? —pregunta entonces.

—Haga de cuenta que no me lo dio.

Estiró una mano para tomarme del brazo. Me escabullí, corrí hasta la moto que afortunadamente no estaba encadenada y arranqué. Desaparecí en medio del rugir de los Ruta 100, que arrojaban al aire explosiones negras como nubecillas de humo, de esas que sirven de señales descifrables por el bueno en las películas.

Si donación viene de dona, la dona de estos cabrones me la iba yo a pasar por abajo de la rueda de la moto, me dije evadiendo un Volks. Luego reflexioné. Ya me había jodido, ofensa doble: iba a escribir un nuevo artículo, nada de gripes y me iba a quedar con el dinero. Ya me jodieron. Me había comprado todos los boletos de la rifa de un condón de setenta centímetros; me lo iba a tener que meter por las orejas.

A la segunda aporreada a la puerta, media hora después, el profe Santos se asomó cautelosamente. Entre tocada y tocada yo había estado oyendo cantar a unos canarios. Un tipo lavaba su Tsuru frente a la casa del profe, no se medía para desperdiciar el agua; de lejos se notaba que había seguido atentamente todos los anuncios de la campaña contra el desperdicio de agua y hasta había tomado notas para hacer exactamente lo contrario. Vaya ciudad.

El profe apareció en calzoncillos, camiseta con anuncio de cocacola y sacándose hábilmente una lagaña. Fue parco:

—Hija pródiga… Pásale.

Me dejé caer en un sillón y dudé en contarle la verdad o provocarlo para que se largara un rollo metafísico. Me fui por el camellón.

—Profe, hoy me dieron un sobre, me chayotearon.

—Ve y devuélvelo y luego vienes y hablamos —me respondió.

—No. Nomás les quité el sobre, no voy a hacer lo que ellos quieren.

Hizo como que no me había escuchado. Me acompañó a la puerta sin decir nada. Me puso a mitad de la calle y la cerró.

¿Y ahora qué mierdas hacía yo con el sobre? Me quedé a mitad de la banqueta en la calle Lerma, contemplando al pendejo que lavaba el coche.

—El agua de la Ciudad de México tiene tal cantidad de sales minerales que, según dijeron en la tele, está dañando el pulido de los automóviles y carcome el metal… —le dije muy seria. Me miró de arriba a abajo. Me di la vuelta y lo dejé con la duda. Si quería gastar agua, que le lavara el yoyo a su señora, que falta le haría.

Uno de los achichincles estaba abriendo la puerta de la agencia de viajes de la casa maldita de la calle Orizaba. Lo dejé hacer mientras le echaba un ojo crítico al edificio, con mirada de conocedora, de lectora de novelas de Hodgson, Walpole y King. La verdad es que el edificio de un par de plantas no valía gran cosa como sede de misas negras. Era una de esas casas de los años treinta, tan abundantes en la colonia Roma, de techos altos y suelos de madera, fachada pintada de riguroso blanco, levemente desmadrada aquí y allá por precoces muralistas de la primaria de al lado. Traté con el budismo, me concentré con todo lo que daban mis empobrecidas neuronas e intenté captar vibras malignas. Ni madres. Puras pinches vibras rascuaches. Vibras dóciles, como de programa de Chabelo. Si el budismo no mentía, ahí no había habido más que misas verdes (de mota)… o blancas (de coca). ¡Pendeja! Lo había tenido en las manos desde el principio. Estaba en la descripción de Mariano en el forense. Estaba en la conversación cuando me hablaba de las fosas nasales como túneles del metro de los difuntos.

Me acerqué cautelosa, no fuera que el secre tuviera sida. Me miró con asco. Tendría que ponerme a reflexionar sobre mi apariencia seriamente. Quizás la culpa no la tenía yo sino el pendejo que le tenía tanto asco ya a los periodistas que no le importaba que vinieran envueltos en una apetecible chaparrita con casco de motociclista como yo. Le pregunté por la familia de Irales. Viudo, sin hijos, vivía solo, en la misma casa. En la planta de arriba estaba su recámara. ¿Me la dejaría ver? Desde luego que no, ya no se respetan los muertos. «Menos los vivos que tenemos que trabajar», me dije para adentro y para afuera le pregunté:

—¿Y las reuniones para zumbarle a la cocaína?

—Ay, a mí de esas cosas no me pregunte. A mí nadie me invitaba. Yo trabajo siete horas y me voy para mi casa.

—Mire, joven, yo sólo estoy haciendo mi trabajo. ¿Qué no habría manera de conseguirme la libreta de teléfonos o el directorio del difunto?

—Se lo llevaron los policías, pero Ana María tiene casi todo, porque ella era su secretaria; los papeles de ella ni los tocaron.

—¿Qué? ¿No me podría conseguir el directorio de Ana María?

El tipo me miró fijamente unos segundos. Puse cara de adolescente al borde del despido, pareció no surtir efecto. Se dio la vuelta y entró en las oficinas. Me acababa de declarar derrotada cuando apareció con una agenda en las manos.

—Tome. Ni le busque mucho. Usted con el que quiere hablar es con Mora —dijo y desapareció en el interior de la agencia de viajes.

Siguieron un montón de respuestas en otras partes de la ciudad.

—Fue dulcería por dulcería por dulcería vaciando la caja. Yo les dije a los policías: ¿cómo está desaparecido y anda apareciendo? No me hicieron caso, señorita —dijo la viuda de Vargas Toledo.

—¿Cómo que cuánto gasta un consumidor promedio en cocaína? ¿Tú compras, vendes o te has vuelto loca? —me respondió Armando Herrera, un amigo mío al que le encantan las novelas de espionaje.

—¿Cómo quiere sus huevos? —preguntó la seño de la lonchería donde me metí a desayunar.

Bastante, dije para mí. Porque no sólo el Che Guevara tenía güevos; también una, aunque los tuviera ocultos a la mirada de los observadores más perspicaces, según había descubierto en el manual de biología de secundaria; en aquella época heroica y prefeminista en que habíamos llenado los patios de pintas: «Para güevos, los ovarios.»

—Procuraduría General de la República, Dirección de Relaciones Públicas, ¿en qué podemos atenderle? —dijo la voz extrañamente amable de una secretaria cuando marqué el teléfono que en la libreta aparecía tan sólo señalando como «Mora.»

—¿El licenciado Mora? —probé tras recuperarme del frío que me había dado en la espalda al estar hablando con la Procu.

—El señor Mora ahorita no se encuentra. Lo puede localizar si llama después de las cuatro —dijo la secre—. ¿Quién le habla?

—¿Le puede decir que le llamó Teodoro Irales?

—Yo le doy su recado.

Me quedé esperando que algo sucediera. Que los marcianos descendieran en una nave plateada a mitad de la Plaza de la Cibeles, me enviaran un emisario hasta la cabina de teléfonos y me invitaran a probar sus heladerías, que eran mejor que las del 33, porque ellos ofrecían 61 sabores. Nada de eso pasó. Saqué el sobre con los diez billetes de a cinco mil y se los di a un vendedor de chicles que no debería tener más de ocho años. Le echó un ojo al interior del sobre. Me entregó la caja de los chicles completa y salió corriendo.

—¿Lo devolviste? —me preguntó el profe Santos que seguía en calzoncillos y camiseta. Asentí y le ofrecí de la caja de los chicles. Tomó dos.

—A ver, profe, vuélvame a decir para qué sirve el periodismo —le pedí sentándome en el suelo del patio. Santos desapareció en el interior de la casa. Volvió con un puro encendido que desprendía una fina línea de humo. Mientras hablaba, el puro hacía dibujitos en el aire.

—Es la última pinche barrera que nos impide caer en la barbarie. Sin periodismo, sin circulación de información, todos levantaríamos la mano cuando el Big Brother lo dijera. Es la voz de los mudos y el oído extra que Dios le dio a los sordos. Es el único pinche oficio que aún vale la pena en la segunda mitad del siglo XX. Es el equivalente moderno de la piratería ética, el aliento de las rebeliones de los esclavos. Es el único puñetero trabajo divertido que aún puede practicarse. Es lo que impide el regreso al simplismo cavernario. Contradictoriamente, es un asunto donde de nuevo hay cosas eternas: la verdad, el mal, la ética, el enemigo. Es la mejor literatura, porque es la más inmediata. Es la clave de la democracia real, porque la gente tiene que saber qué está pasando para decidir cómo se va a jugar la vida. Es el reencuentro entre las mejores tradiciones morales del cristianismo primitivo y las de la izquierda revolucionaria de fines del siglo XIX. Es el alma de un país. Sin periodistas todos seríamos muertos y la mayoría ciegos. Sin circulación de información verídica todos seríamos bobos. Es también el refugio de las ratas, la zona más contaminada, junto con las fuerzas policiacas, de toda nuestra sociedad. Un espacio que se dignifica porque lo compartes con los tipos más abyectos, más serviles, más mandilones, más corruptos. Y por comparación te ofrece las posibilidades de la heroicidad. Es como si metieran el cielo y el infierno en una licuadora y tuvieras que trabajar en movimiento. Es una albañilería del sentido común… ¿Con eso tienes o le sigo?

—Con eso —le dije—. Gracias, profe.

—Cuando quieras. Tienes algo que contarme, chaparrita, ¿verdad?

—Por ahora no.

—Pues órale, ve y párteles la madre, Olga. O de jodida, haz el intento.

Asentí.

8

Let it be

Toñín me sacó del sueño haciéndome cosquillas en los pies.

—Son las tres, Olguis; 'e ya te pares, güevona.

Me había ido a la casa a terminar dormida la mañana. Me levanté tropezando con una pila de novelas de Simenon y fui hacia la ventana. No se habían llevado la ciudad para ningún lado. El cielo estaba gris.

Para que se pueda hablar de generación perdida, alguien tiene que encontrarla después de que se perdió. Con nosotros ni siquiera se iba a producir el póstumo caso. Seríamos perdidos sin más. Sin huellas. La generación desaparecida. Ni siquiera íbamos a tener el chance de hacer la crónica de nuestra defunción, mucho menos la del futuro motín. Pobrecitos de nosotros, tan incrédulos y tan mandilones.

—Ise'a guefa que me des shocolate.

—Dile a tu jefa que te lo dé ella.

—Se jué a'dromo.

—¿A dónde?

—A ve a'os caballos —el Toñín cada vez hablaba más como un futbolista brasileño de esos que salen en la tele.

—Al hipódromo.

—Eso.

Fui a prepararle un biberón de Chocomilk y me embuché otro. Ya no tenía prejuicios. Ya no tenía que demostrarle a nadie que no me gustaban los biberones.

El Toñín y yo estábamos paladeando nuestro Chocomilk en la cocina de su casa cuando sonó el timbre en el departamento. Caminé hasta la puerta y ojeé por la mirilla. Dos tipos me ofrecían sus espaldas enfundadas en trajes grises. No me gustó nada. Uno de ellos empujó la puerta de mi casa que había dejado abierta y se metieron. Aquí el asunto era de reacciones rápidas, si me ponía a pensar me enchilaban, tomé a Toñín en los brazos y salí corriendo por la escalera. El elevador se estaba abriendo en el 18 y me trepé con mi primo que no soltaba su mamila. Justo a tiempo. Cuando la puerta se cerró vislumbré durante un segundo uno de los trajes grises saltando por las escaleras.

Si la definición de instante es el tiempo que transcurre entre que se pone la luz verde y el momento en que el pendejo de atrás te toca el claxon, aquí podríamos decir que instante fue lo que pasó entre que la puerta del elevador se abrió en la planta baja y el momento en que Toñín y yo estábamos a doscientos metros de allí, trepados en la motocicleta.

—Agárrate, Toñín —alcancé a decir mientras con una mano soltaba el candado y con la otra daba el pedalazo.

Sosteniendo a mi primo con las rodillas, mientras él se aferraba en firme a su mamila, salí levantando hojas secas en el pastito. Tomé rumbo hacia el Periférico y me brinqué la barrera por el lado de la caseta del policía de vigilancia. En lugar de tomar hacia el sur, di la vuelta y me metí en sentido contrario rumbo a Santa Fe. Evadí por los pelos la defensa de un Datsun y a una señora que venía con la bolsa de compras de Aurrerá y que se acordó a gritos de mi santa madre. Luego de dos cuadras torcí a la izquierda y metí la moto en el estacionamiento cubierto de una fábrica de yeso. Ahí me estacioné entre un automóvil y una camioneta de reparto y verifiqué si Toñín no había caído en trance epiléptico. Estaba como nuevo, con una sonrisa monumental; pero en algún momento de la operación fuga, había perdido los pañales.

—Tero más —dijo Toñín.

—Pero yo no —respondí al borde de las lágrimas. ¿Y ahora, dónde mierda le conseguía unos pañales a este tipo?

—'Amos a tienda, Olguis —dijo Toñín respondiendo la pregunta no formulada.

Me asomé por encima del automóvil apoyándome en los estribos de la moto. Ni huellas de los hombres de gris.

—Nomás déjame hacer una llamada.

Tomados de la mano entramos en la distribuidora de yeso. Supongo que fue nuestra peculiar apariencia lo que hizo compadecerse a la secretaria y prestarme el teléfono.

—Procuraduría General de la República, Dirección de Relaciones Públicas. ¿En qué puedo servirle? —dijo la voz de la secretaria.

—El señor Mora.

—¿De parte de quién?

—De Teodoro Irales.

—Perdone, señorita, pero dígale al señor Irales que el señor Mora me dijo que si usted se comunicaba, que lo esperaba a las ocho en el café del Sanborns del Ángel, en la barra de la cafetería. Que iría con un traje azul y corbata roja.

—Muchas gracias, señorita.

Traía en el bolsillo las miserias del sobre del reparto de utilidades que me habían dado en el diario, de manera que Toñín y yo podríamos darnos un minilujo. Había pasado media hora, era más que difícil que los dos monos siguieran rondando; de cualquier manera viajamos en la moto hasta el Gigante de Patriotismo oteando cualquier aproximación del enemigo, como Old Shatterhand en mitad de la agreste estepa kiowa. Ahí le conseguí pañales nuevos al Toñín y una cachucha de beisbolista de la talla más chica, pero que de todas maneras le bailaba sobre el cráneo. Comimos hot dogs en el estacionamiento.

Tenía que encontrar a mi tía, devolverle a su sacro-santo vástago, matar el tiempo hasta las ocho sin que el tiempo me diera en la chapa a mí; tratar de averiguar algo más sobre el señor Mora que recibía tan contento mensajes de los difuntos; encontrar la forma de llegar el periódico y escribir mi nota sin que se aparecieran por mitad de la vida los regaladores de sobres y los visitantes inesperados.

¿En qué montón de líos me había metido?

El mejor estudiante de mi generación de futuros genios de la comunicación era Alejandro Vélez. Sin embargo, cuando se produjo la deserción en masa y nos fuimos a buscar empleos en los cavernarios submundos de las redacciones de los diarios del Defe, él se dedicó a tocar la guitarra. Era un predecepcionado. Sabía lo que nos iba a suceder a todos, lo adivinó y prefirió no vivirlo. Habitaba con sus dos hermanos y su madre a unas cuadras de Gigante. Con Toñín repleto de mostaza y jitomate en los bigotes y tomado de mi mano, me fui a meter en su casa.

Alejandro estaba tocando *Let it be*, sentado sobre su cama, con aire de prófugo de la revolución industrial. Lo dejé parloteando con Toñín y fui a ver si podía transarle una minifalda a su hermana Alicia, que era de mi talla. Terminé a solas, bebiendo un vaso de agua en la cocina. Luego busqué el teléfono y marqué el número del Niño de Oro. Contestó a la primera, parecía que me estaba esperando.

—¿Conoces a un tal Mora, en la Procu?

—Morita, trabajaba conmigo.

—Cuenta.

—Olga, estás exagerando. ¿Qué gano yo con esto?

—A mí qué me cuentas. Anda, dime quién es Mora.

Un rato después reaparecía en el cuarto donde Alejandro seguía tratando de revivir a los Beatles.

—Oye, ¿por qué este niño habla como escritor de Mozambique? —me preguntó Alejandro señalando al Toñín.

—No sé, influencias de Televisa, probablemente. A mí me suena más bien a futbolista brasileño. ¿Por qué no se lo preguntas a él?

—Ya 'ámonos, Olguis, ete cuate mu pendejo.

Alejandro lo ignoró y volvió a puntear los primeros acordes de *Let it be*. Yo traté de corearla, pero hacía mucho tiempo que se me había olvidado la letra.

9

El señor Mora

En mi generación de estudiantes de periodismo, el club de soñadores apaches amantes de Tom Wolfe y Rodolfo Walsh, de 18 que nos inscribimos en el primer semestre del cuarto año, que fue el año de la peste, cuando se produjo la deserción, dos habían de suicidarse en 1986. Dos de 18 eran demasiados. Lo peor es que los dos eran tipos de primera, chingones cuates; cada uno, como siempre que se habla de gente excelente, a su manera, a su muy particular manera. Nunca pude saber por qué Leyva y Martín Luis decidieron pirarse por la vía rápida, irse a comer camote al cielo. Las noticias de sus muertes me llegaron desde lejos, ecos de historias que de tanta narración habían perdido por el camino pedazos de la anécdota. Anamari había sido novia de los dos. Por eso le decían la Viuda Negra. Supongo que nadie se había atrevido nunca a decírselo en su cara. Yo menos que nadie. Porque su servidora también había estado enamorada de aquellos dos, aunque ellos ni se habían enterado. De cualquier manera eso no era noticia, porque en ese primer semestre del 85-86, ya había estado enamorada por riguroso turno de tres de mis maestros, siete compañeros de grupo, el mozo de la cafetería, el encargado de entregar las calificaciones en asuntos escolares y los padres de cuatro compañeros. Todo en el más ferviente anonimato. Lo mío era cuantitativo y platónico.

Anamari trabajaba ahora en Canal 11, presentando las películas de la noche los sábados y los domingos. Seguía siendo una clasemediera defeña dulce y malafortunada cuyos novios se andaban por ahí suicidando, sin que ella entendiera lo que estaba sucediendo en torno suyo.

De todo el grupo generacional, Amadeo resultaba uno de mis personajes preferidos. Lo llamábamos el Lambiscón Verde (en homenaje inmerecido al compañero del genial Kato) porque insistía en cargarle los libros a las maestras e ir por el café de los profesores varones. Tenía cara de espía turco adorable, nunca sabías en qué estaba pensando.

Lo último que había sabido de Amadeo es que había heredado una farmacia de sus padres y que trabajaba como disc-jockey en el Núcleo Radio Mil.

Esos fueron mis dos aliados para el encuentro de Sanborns. Fueron los primeros que encontré en mi libreta de teléfonos: A de Amadeo, A de Anamari. Y eran tan buenos como cualquier otro. Curiosamente los dos dijeron que sí sin poner demasiadas trabas. Cada uno de ellos buscó a su vez a otros dos ayudantes cuyos nombres ni siquiera quise saber.

Amparada así por una viuda negra y un disc-jockey barbero, me presenté en la cafetería de Sanborns a las ocho de la noche, sorteando ligadores utópicos, priistas desempleados y putas que vestían bastante mejor que yo, y me dirigí al gordito de traje azul y corbata roja.

—¿Señor Mora?

—¿Señor Irales? —me preguntó sonriendo.

—Soy Olga Lavanderos, del diario *La Capital*.

—Eso me suponía, ya me dieron la noticia de que le habían entregado la libreta de teléfonos del difunto.

—Quiero presentarle a dos amigos. Anamari del Canal 11 y Amadeo de Radio Mil, son esos dos que están sentados en la mesa del fondo. A su vez cada uno de ellos tiene otros dos amigos periodistas que andan por ahí vigilándolos. Todos saben su nombre y dónde trabaja usted. Todos saben por qué nos estamos reuniendo... Perdone la suspicacia.

El gordito abrió los labios y mostró los dientes en una amplia sonrisa.

—Vaya, parece que tenemos ocupadas todas las mesas de Sanborns con periodistas... No tenía usted por qué ser tan desconfiada, señorita... Yo vine solo.

Caminamos hacia la barra. Anamari y Amadeo me hicieron un gesto desde la mesa, más dirigido al gordo que a esta arriesgada servidora, a la que le temblaban las piernas un chirris. En cambio, el gordo se movía con gracia. Como un bailarín sobrealimentado al que le corrían por las nalgas media docena de arañitas. Todo sonrisas, Rólex de oro en la muñeca izquierda, esclava de trescientos gramos de platino en la derecha, corbata roja, sí, pero con pisacorbata de diamante. Más que tira, parecía representante en México de una empresa petrolera árabe. Llegó a la barra antes que yo y ordenó para mí otro banana split igualito al que estaba devorando.

—¿Usted dirá, señorita? —dijo repitiendo la sonrisa.

—No, usted dirá.

—No, no sé qué voy a decirle, ni sé de qué quiere que hablemos.

—De Irales y la cocaína.

—Ah, de eso quiere que hablemos. ¿Y qué quiere que le diga de eso?

—¿Hace cuánto que usted se la suministraba? —tiré a ciegas.

—Por favor, por favor. Soy encargado de Relaciones Públicas, no traficante. Ayudo con mi trabajo diario a los que persiguen el tráfico de drogas. Ni siquiera soy policía —dijo sacudiéndose una inexistente mota de polvo de la corbata.

—¿Y entonces qué es?

—Doctor, para ser exactos, veterinario.

—Ah, de eso sí sabía —improvisé. No en balde le había sacado algo de información por teléfono al Niño de Oro—. Inyectaba usted morfina a los caballos que se quebraban la pata y otro tipo de estimulantes a otros caballos que querían ganar carreras. Pinches caballos tan irresponsables, haciendo trampa.

Comencé a comerme el helado. Coño, debería haber traído al Toñín, se merecía un heladote después de tantas pinches carreras. Lástima que lo había dejado encargado con Maruja, mi otra tía, porque lo que es a la madre del personaje le valía madre el enano. Seguro estaba ayudando al achichincle del gordito a meterle morfina a los caballos para ganar una apuesta o violando a los chavitos que cantan la lotería nacional para falsificar los resultados.

—¿Quién les proporciona información a ustedes, los periodistas? Seguro los maledicentes. Los rumorosos, los calumniadores —dijo el gordito Mora iluminado.

Algo hay de eso, pensé para mis adentros… El doctor Mora, otro güey más que se aparecía en mi vida con nombre de calle.

—Voy a deslizar su nombre en mi crónica de mañana. Tiene usted dos posibilidades, contarme la historia o dejar que yo actúe irresponsablemente y sus colegas empiecen a ponerse nerviosos.

El gordo por primera vez me miró en serio.

—Usted no pensará que tuve nada que ver con la muerte de Irales y de sus amigos, ¿verdad?

—Para nada.

—Yo no soy de esos… ¿Usted cree que vendría a entrevistarme así, a la buena, a platicar, si tuviera algo que ver con el asunto? No se actúa así de buena fe. Puedo explicarle perfectamente por qué estaba mi nombre en la libreta de Irales.

—No se tome la molestia de inventar historias —le dije.

Caramba, no lo estaba haciendo tan mal. Me contemplé al espejo detrás de la barra; encontré lo de siempre, una muchachita medio despeinada. Carajo, ese era el problema de andar tanto con el pinche casco. Pero no lo estaba haciendo tan mal. No en balde me había pasado media hora ensayando en las vidrieras de Reforma, buscando las preguntas correctas, hablando en voz alta en los semáforos, con los peseros que se detenían al lado de la moto y los de los puestos de dulces y cigarrillos que se me quedaban mirando. Estaba en papel, metidaza en el estilo del jefe Gunther Wallraff.

—Vamos a hacer algo, doctor, usted me pone en la pista correcta y yo hago como que no existe.

—Ah, qué estos jovencitos periodistas. Todo lo ven fácil. Antes de venir para acá hablé a su periódico…

—Sería para pedir las cotizaciones del dólar de hoy.

—A lo mejor —dijo el gordito recobrando la sonrisa. Yo volteé para confirmar que Anamari y Amadeo seguían en la mesa. Ahí estaban, con los ojos clavados en nosotros. Era una nueva sensación ésta de percibir a las espaldas el aleteo de tu angelito de la guarda. Me lancé a fondo. Si me equivocaba se había jodido todo y el gordo iba a manejarme como pelota de frontón.

—Mire, yo no vengo aquí con su nombre y el teléfono de su oficina a ver qué saco. Vengo con una historia cuadradita por todos lados. Por lados que usted ni se sospecha. Vengo con historias que me contaron sus mejores amigos. Sé qué colonia tiene guardada en el cajón del escritorio y de qué marca, sé el papel de baño que le gusta —a estas alturas estaba bendiciendo al Niño de Oro por su precisión—. Por cierto, usted va siempre al baño de Aranda porque no le gusta el del fondo del pasillo... Vengo a verlo porque me falta un dato y no quiero tirarle a usted los perros encima. Quiero que vayan directo sobre los culpables. Sé que usted le vendía la coca a Irales y a sus cuates. Sé que se la vendió el miércoles en que se los llevaron. Lo que no sé es a quién le pasó usted el dato de que en esa casa en la calle Orizaba estaba esnifando un grupito de gente, jugando a que ya había invierno y nieve y Santaclós. ¿A quién le pasó el dato? Porque a los que fueron a esa casa a montarse el negocio se les pasó la mano y ahora deben cinco muertos. Usted le hizo el favor a alguien de adentro. Pero ellos no se limitaron como le prometieron a caerles a los cocos, darles un susto y sacarles algo de lana. Ellos querían sacarles toda la lana del mundo y se les pasó la mano. Y si caen ellos, se lo van a llevar a usted entre las patas, porque usted sin querer fue el que los metió en el lío. Usted quiso sacar de dos lados: de sus clientes y de sus amigos... Se lo van a fregar, señor Mora... Por eso, mejor me escucha y me da un nombre y a cambio se queda fuera de la historia. Después se puede ir a vender toda la coca del mundo, a mí me vale madres, y a inyectar a todos los caballos, camellos, perros y pajaritos que se le pongan al tiro, a mí también me vale madres...

Me había quedado sin aliento. El gordito me miró fijamente, sonrió y metió la cabeza en el helado.

—A lo mejor sí, a lo mejor no —dijo.

Respiré. Le había atinado, la historia cuadraba. Ya se jodió Cristóbal Colón con todo y su batallón.

—¿Sus amigos? —preguntó el gordo señalando con la cabeza la mesa donde estaban Anamari y Amadeo.

—Son mis cuates, vienen a cubrirme a mí, no a crucificarlo a usted.

—No le voy a hacer ningún favor, señorita. Se la van a joder —dijo el gordito Mora con un rostro que expresaba una enturbiada felicidad. No le dejé seguir. Cuando Mora tenía el nombre del jefe de los policías asesinos en la punta de la lengua, lo detuve con un gesto.

—Espéreme, tengo una corazonada —le dije y anoté el nombre que me había venido a la mente en una servilleta de papel. La doblé en cuatro y la coloqué bajo los restos de mi helado—. Ahora sí.

—Mendizábal, el jefe del grupo Tigre —dijo el gordo Mora.

Yo volteé el papel donde con mi patiarañuda letra se podía leer: «Mendizábal», el nombre del policía que había tenido la investigación a su cargo durante dos horas.

10

A los muertos hay que tenerles respeto

Los que desde hace años insisten en admirar a Humphrey Bogart en *Tener y no tener*, han vivido en el error. Si hubieran visto la película con cuidado habrían descubierto que la que corta el chicharrón es Lauren Bacall; pendejetes, las nieblas cerebrales les impedían la llegada de la luz. Pero tamaña sabiduría no era bastante para mí a estas alturas del partido.

El problema es si una se la cree o si no se la cree. Y yo que me lo había estado creyendo, de repente ya no me lo creía. Pero al mismo tiempo, sí me lo creía. O sea, que sí, que era una periodista contando una historia a pesar de todo.

Vaya, te la pasas llorando por contar las historias y cuando las historias llegan, llega con ellas el miedo. Y ahora me la estaba jugando. No podía dormir en mi casa, que aunque sólo tuviera dos floreros y sin flores y una reproducción chafa de tres cuadritos de Peter Brueghel, era mi casa. Y a lo mejor alguien me rechingaba de una vez y para sieeeempre, como diría el borreguito. Y no estaba muy segura de que nadie del periódico fuera a mi funeral. Es más, no estaba muy segura de que alguien hubiera leído mis dos crónicas. Y cuando digo alguien no me refiero a los colegas, ni al director, ni a los pinches policías que estaban en la jugada; me refiero a personas, a esas cosas extrañas que los periodistas llamamos lectores. Los que están del otro lado del espejo, del otro lado de la realidad; los que la viven y no la escriben.

Hoy me hubiera gustado terminar la crónica con un mensaje personal: «Los que leyeron esto, favor de telefonear a tal número, porque la que escribió esta historia se siente encabronadamente sola». No sé por qué no lo había hecho, quizás porque ni a teléfono llegaba.

Terminé de dictar la nota como a las 9:45 desde una cabina en avenida Juárez, contemplando entre frase y frase a las parejas que se hundían en la oscuridad de la Alameda. Chequé con Marisela que la pondría en manos del director y después de oír por tercera vez su ferviente y católico juramento, colgué.

No podía ir a casa no podía ir al diario. No podía ir a ningún lado. Ratoncito de Cenicienta en noche fatal.

Y además, tenía que dejar de estar jugando. Los muertos eran más que de a de veras, eran absolutamente ciertos. Las imágenes de la televisión volvieron a cruzar por la cabeza: el brazo de la mujer sin uñas, porque le habían arrancado las puntas de los dedos para que no hubiera huellas digitales. Esa mujer, dueña de una pinche peluquería pomposamente llamada salón de belleza, a la que le gustaba la cocaína. Que se volvía un poco loca para olvidarse de clientas cotorras y secadores de pelo. Que tenía dos niños y votaba por el PAN y le gustaban las galletas Marías sopeadas en el café. El hombre que se llamaba Leandro, dueño de las dulcerías. Medio explotador, porque se veía a leguas que las trabajadoras de las dulcerías no lo querían demasiado, pero explotador con alma de Caperucita, porque si a alguien se le ocurre que el camino franco para el imperialismo, fase superior del capitalismo, pasa por vender dulces y chocolates para novias y hospitalizadas, debe estar medio jodido del cerebro. Leandro Vargas, con sus cincuenta años, que quizá era adepto a las putas jarochas y a la cerveza Lager, jugador impenitente de lotería y lector de Agatha Christie. O el Irales, con su agencia de viajes y su piso de soltero en la planta alta, y tanto pinche boleto de avión que vendía para ir a Suiza, a Houston a comprar esferas para el árbol de navidad, a Madrid para comer en el Palace langostino en salsa de pimientos. No menos cadáver era la desconocida abogada Margarita Campos, que a sus cuarenta y tres años pertenecía al grupo de alegres burgueses de tercera que se metían nieve por las narices y jugaban a la parranda con Santaclós y los Reyes Magos, mientras los que los veían por la ventana, consumidores impenitentes de fotonovelas trágicas, pensaban que allí estaban en mitad del vudú con música de mambo o reviviendo rituales aztecas con fondo de Beethoven.

Eran muertos de verdad, pero no me gustaban. ¿Por esos cadáveres me la estaba yo rifando? Había muchos mejores difuntos por ahí regados. Muertos para tenerles respeto. ¿Iba yo de guardián de la ley? Olga Lavanderos, el Llanero Solitario. Me valía camote la ley con todo el orden y la sana convivencia social. Yo no era de ellos. ¿Era yo de la religión de la verdad, de la escuela del profe Santos? Pura madre, yo era la Forever, la «para siempre» desgastada por el uso de la vida; era una muchachita con mucha jeta, una cínica pero no tanto, una lumpen ilustrada, una comanche culta, una bailarina de fiesta a la que no había sido invitada.

No se pelea bien desde el yo, digan lo que digan Stirner, Batman, el Ratón Macías y Nietzsche. Las buenas broncas se avientan desde el nosotros. He ahí, pinche Freud, por qué me andaba enrollando con todos los cuates de la generación a los que había dejado de ver hacía año y medio y que originalmente me revalían madre. He ahí sabio Cicerón, sabio Metelo y sabio Sacalo, sabio Fromm Where, sabios Padentro y Tecentro. He ahí, ahí, por qué una anda arrullándose con sus viejos cuates y dejándoles esquinitas en esta historia. Porque nomás se puede pelear desde el nosotros. ¿Y entonces, mi buen? Me pregunto, se pregunta, la buena Olguita Lavanderos, venida a menos, menguadita por el miedo. La «para siempre», mientras cual mariposa encandilada (Agustín Lara de nuevo, ¡Dios mío!) por los neones de San Juan de Letrán, hoy más mejor Lázaro Cárdenas, va rumiando la chinga que le espera.

¡Pero detente, Olga! Y me detengo. ¿Qué pedo? ¿Una cerveza? ¿Unas papas Sabritas? ¿Un cigarrito esquinero? No, Olga: ¡Los lectores! Los míticos lectores. Con ellos, Olga, con los inexistentes lectores de *La Capital* (más mejor ni te los imagines); con los lectores se hace el nosotros.

¡Puta madre, qué alivio!, me digo, y me dispongo a reposar encontrada la trinchera, y me dispongo a pasar la noche caminando, y me dispongo a tomar la motocicleta para ir de visita a ver qué caras me hacen los polis; o me dispongo a subir a la moto y rondar por la ciudad como desesperada, buscando alguien diferente a los otros iguales, alguien que me está esperando sin afeitarse, alguien que se cortará las venas por mí si no le dedico una pinche sonrisita, alguien que me haga cosquillas al cantarme canciones en las orejas y juegue a sacarme la tierrita del ombligo.

Podría ensayar algunas de las formas más finas desarrolladas por los zopilotes machines de mi generación, como «Psssé, joven, me presta su manguerita para regar mi jardín», o «Camarada, présteme la corneta y con mi ayuda hacemos sinfonía». Pero hay que creer lo suficiente en tamañas barbaridades para obtener algo de este método científico, aunque Escalona, el Chorejas, un compañero que acabó de achichincle del jefe de prensa del gobernador de Zacatecas, decía que de diez, una, ante el horror de las nueve que lo escuchábamos. Claro que él tenía un repertorio más variado: «Señorita, si me presta su agujerito, le planto mi palmerita», o «Si como lo menea lo bate, qué sabroso chocolate», o «Da lástima que ande por ahí solita desperdiciando tamaño botapedos». Pero en mi condición femenina, me parecía un abuso llegar a tanto. De cualquier manera, mi creciente escepticismo me impedía barrerme en home.

El problema, como en todo, es si una se lo cree o si no se lo cree. Y no me lo creía. El amor no anda perdido por las esquinas de esta ciudad, diga lo que diga Manzanero.

Si me iban a matar, esperaba por lo menos que mi sentido del humor mejorara.

Tomé la moto y me fui a dormir a la agencia funeraria Gayosso de Félix Cuevas. Descansé amparada por el velorio de una vieja viuda libanesa al que no acudieron ni sus parientes pobres en trance de heredar. Me dejaron tranquila con el féretro; pero aún así, tendida en uno de los sillones, dormía mal.

11

Qué tremendo pedo

El Niño de Oro tenía el periódico abierto con mi nota subrayada sobre la mesa que nos separaba. Una mesa de madera blanca, la mesa del desayunador.

—Qué tremendo pedote estás armando, colega —me dijo. A pesar de que mi atuendo no había mejorado desde la última vez que nos habíamos visto, me trataba con un poco más de respeto.

—Pa'que veas las cosas tan divertidas que se pueden hacer con algo de ayuda.

—Yo hacía cosas así —me dijo mirando hacia otro lado. El sol entraba por la ventana y manchaba ligeramente las tazas de café y los panes dulces.

—Sólo cinco o seis meses, luego te dedicaste a otros negocios.

—Qué quieres, Olguita, la vida es así. Yo tuve el chance y llegué bien alto; la próxima vez que lo tenga, más alto llego. Y va a ser pronto, se me hace… ¿Y tú qué buscas? ¿Quieres que te den más espacio en el periódico para los reportajes de circo? ¿Quieres media plana completota para la crítica de cine?

—Quiero terminar lo que empecé.

—Aquí dices dos cosas —dijo el Niño de Oro señalando con el dedo mi artículo—. Que los muertos se encontraban en una fiesta privada dándole a la cocaína y que un grupo de la policía federal irrumpió en la fiesta, los detuvo, los mantuvo secuestrados varios días, los extorsionó y luego los asesinó.

—Eso digo.

—¿Por qué los mataron? ¿No era mejor chantajearlos por un buen callo?

—Se les pasó la mano en las torturas con la dueña del salón de belleza, la mataron a golpes y por eso tuvieron que matar a los demás, para que no quedaran testigos. ¿No ves que ella, según las autopsias, murió un día antes que los demás? Ella murió de los golpes, los otros un día después, a tiros.

Movió la cabeza de un lado a otro. No era más viejo que yo, pero parecía mi abuelita. Eso demuestra, como lo he venido diciendo en todas las reuniones del coro de los Niños Cantores de Morelia, que el mal hace que sus acólitos envejezcan más rápido. Versión de Fritz Lang.

—¿Y ahora qué quieres de mí? —preguntó.

—Una entrevista con ese capitán Mendizábal. A solas.

—Estás loca, Olga. Eso es de lo más fácil, vas a la Procu, entras, preguntas por él y seguro que te concede una entrevista.

—Quiero salir viva de la entrevista.

—Ah, eso está más cabrón. ¿Sabes cómo son estos cuates? ¿Cómo les funciona el coco a estos cabrones? Nunca sabes de qué te están hablando, nunca sabes si es en broma o es serio, si te están midiendo para ver qué gestos haces. No tienen fidelidad a nadie, Olguita. Venden a su madre para que luzca en un burdel en Guatemala y a sus hijos para que los use una compañía farmacéutica francesa como conejitos en experimentos. Les gusta joder. No hay nada en el mundo que les guste más que el poder que ejercen cuando aterrorizan a alguien, cuando le sacan la mierda del cuerpo de puro pinche miedo. ¿Sabes cómo sobreviví yo? Ni lo sabes, tú sólo me juzgas, pero no lo sabes. Ni lo sabrías nunca si no te lo cuento, pendeja, porque hacen falta muchos güevos y mucha sangre fría para salir de ahí caminando y hasta de vez en cuando que te abran la puerta de un restaurante cuando entras con ellos. Eso sí está cabrón. Son unos ojetes, y al mismo tiempo son los cabrones más serviles, los más arrastrados que he visto en mi vida. Con los que tienen más poder que ellos le juegan a ser alfombra, con los de abajo... tú no les durarías diez minutos... —tomó aliento.

—Tú que tienes tantos güevos, ¿por qué no me consigues la entrevista?

El Niño de Oro no me contestó. Yo me dediqué a tomar pedazos de pan dulce y arrojárselos. Primero en la taza de café, luego en su vaso de jugo, luego a la cara. El primero que le tiré lo apartó de un manotazo.

—'Tate ya, carajo, pareces niña.

—¿Por qué no me consigues la entrevista? —le pregunté y le arrojé un nuevo pedazo de pan en el rostro—. Mejor todavía, ¿por qué no me llevas a la casa donde los asesinaron y luego me consigues la entrevista?

—Pendeja, eres una reverenda pendeja —me gritó furioso. Entonces le atiné con un pedazo de dona en las narices.

El Niño de Oro perdió el control y sacó una pistolita 22 del bolsillo de la bata. Me apuntó con ella a la cara. Era una pistola pequeña, pero el agujero se veía igual de negro que el de una 45. Me la metió abajo de las narices.

—Eres una imbécil, Olga. Te van a matar.

—¿A ti cuántas oportunidades te han dado de estar del lado de los buenos, tarado? Me cae que no vuelvo a hacerte el favor —le dije sonriéndole al caño de la pistola.

Tardó dos eternidades en bajarla. Luego me sonrió. El clímax se jodió porque entonces se tiró un pedo y de la vergüenza se puso a tartamudear.

12

La escena del crimen

Cuando un mexicano del Defe al margen de su sexo es un maníaco depresivo, puede hacer aproximadamente 164 cosas con un palo, todas ellas en reflexivo: zambutírselo, enroscárselo, enchilárselo, sumírselo, atornillárselo, arrimárselo, acomodárselo, embutírselo, zangoloteárselo, consolárselo, sacudírselo, embrocárselo, contentárselo, machacárselo y, desde luego y sobre todo, metérselo por el culo. Yo andaba en el corazón de una operación policiaca de previsibles resultados y eso que Olga, de depresiva nada. A esta altura del partido debería tener tanto miedo que los ovarios por dentro debían estar dando uno contra otro produciendo sonidos de campanitas chinas.

Llevaba un par de horas escribiendo una versión libre y resumida del asesino de la calle Orizaba, utilizando una Olivetti prestada por Jorge Fernández, otro de mis compañeros de generación, yucateco y enigmático como policía chino, que ahora trabajaba como burócrata en una extraña dependencia de la Secretaría de Programación y Presupuesto.

Su dirección, la de Evaluación y Programas, se había disuelto porque su jefe estaba en campaña política con el candidato del PRI a la gubernatura de Puebla y él se había quedado solo en una oficina de la colonia Nápoles con seis máquinas de escribir, una secretaria, doce escritorios y la función de producir fantasmales boletines de prensa de una dependencia que no existía.

Jorge consumía los días haciendo crucigramas y leyendo el *Diario de Mérida* que le llegaba por correo con cinco días de atraso y que devoraba con fruición. Con su habilidad de analista de información para leer entre líneas en la sección de sociales, tenía una media idea de cuántas de sus viejas compañeras de primaria se habían vuelto un poco putas y pensaba que, una vez que alguien regresara a hacerse cargo de aquellas oficinas, podría pedir unas vacaciones e ir a su tierra natal a mover el pirulí con destreza.

Ahora era mi anfitrión, me conseguía Patos Pascual de mango de un refrigerador que tenía repleto y me pasaba tantas cuartillas en blanco como yo iba consumiendo entre las que escribía y las que tiraba a la papelera.

Yo intentaba hacer un resumen en que cuadrara todo lo que sabía y un poco de lo que adivinaba. Y tecleaba y tecleaba, contando cómo los cinco personajes de la historia se quitaban sacos y chaquetas, hablaban de la Bolsa, ponían música rumbera en el tocadiscos, sacaban la coca que les había vendido el amigo Mora, extendían las líneas en el escritorio, bromeaban, se bebían unas cervezas, se picaban el culo bien contentos y de repente sonaba el timbre de la puerta anunciando al ángel del mal Mendizábal, quien acompañado de sus amigos y avisado de lo que allí estaba pasando por su amigo Mora, venía a informarles que la fiesta se había terminado.

Fernández iba bizqueando de felicidad mientras leí el texto. Había ordenado a su secretaria que no pasara las llamadas (¿cuáles?) para poder concentrarse en la historia y servirme de crítico imparcial.

Y yo tecleaba y tecleaba contando cómo los golpearon, los llevaron a una casa y los fueron chantajeando entre paliza y paliza, jornadas de terror, y los sentaron uno a uno en una silla y los amarraron con alambre de púas a los brazos del sillón y les llenaron el alma de terror hasta que uno vendió sus dulcerías y otra su salón de belleza y el otro fue al banco a vaciar sus cuentas de cheques. Y entraban y salían de la casa acompañados de los policías e iban viendo cómo la trampa se convertía en una historia sin fin, donde ya nunca se despertaba de la pesadilla. Y un día a los policías se les pasaron los golpes con Margarita Campos, que tenía poco qué ofrecer o no quería soltar las pinches joyas que de chica le había regalado su abuela, o que, como era abogada no podía creer lo que estaba pasando y quedó muerta en la silla con el bazo reventado a puñetazos, la mandíbula fracturada y tres costillas rotas. Y entonces escucharon los cuatro supervivientes las conversaciones de los secuestradores. Y oyeron cómo se los iba a llevar la chingada y fueron viendo cómo uno a uno eran asesinados de dos tiros, uno en el pecho y otro de remate en la sien. Y probablemente en la locura total, los dos últimos ya no oyeron siquiera el sonido de los disparos. Y luego fueron mutilados y arrojados a las aguas negras que recorren como un torrente sanguíneo la Ciudad de México para flotar sin destino hacia algún paraíso, para convivir entre la mierda y nuestros peores sueños, con las pesadillas de los otros veinte millones de habitantes de la ciudad de la locura, mientras probablemente ese mismo día, los policías que los asesinaron iban a cobrar su cheque de la Tesorería, mediante el cual no tendrían dificultad en identificarse ante la ventanilla bancaria como lo que eran, funcionarios públicos.

Fernández estaba tieso en su escritorio esperando la última cuartilla con la mano extendida y yo tecleaba y tecleaba construyendo palabras que contaban cómo a los muertos, así fueran uno burgueses bobalicones de tercera división, que le pegaban a la cocaína para suplir la falta de realidad de la realidad y lo malas que estaban las películas de Cablevisión últimamente, no se les respetaba su condición de muertos ni su descanso y se tejía una florida leyenda de misas negras y aquelarres, mientras sus cuerpos seguían flotando en el Gran Canal a la espera del día de fotos y televisión en que serían resucitados.

Cuando saqué la hoja final de la máquina, sólo me quedaba el epílogo y eso sólo podía escribirlo tras haber visto la casa y haber hablado con Mendizábal.

Tomé uno de los teléfonos de la oficina fantasma y marqué.

—Quihubo, ¿sí o no?

—No, ni a madrazos —contestó la voz del Niño de Oro—. Ni se me ocurrió hablar con nadie. Una vez que te fuiste pa'la chingada me volvió el sentido común.

Se hizo el silencio. Era una sensación extraña el no estar hablando ante un teléfono. Esperé.

—...anda corriendo la bola de que te van a meter diez plomazos, Olguita. Por mentirosa.

¿Qué se contesta a cosas como esa? Nada. Me quedé callada.

—Una dirección, ¿querías una dirección? ¿No?

—Estoy esperando, tengo pluma, anoto cuando quieras —le contesté.

—Cuauhtémoc 136, entrando por el garage, la parte de atrás del edificio de oficinas.

—Gracias.

—Ni me des las gracias que cuando te enchilen me voy a sentir culpable —dijo el Niño de Oro y colgó.

El clic final se me quedó en la cabeza treinta y cinco minutos hasta que detuve la moto en avenida Cuauhtémoc. El tráfico estaba envenenado. La raza pinolera tenía prisa por ir a comer, echarse un rápido, una jeta y volver al talón. Lucas Alamán ya lo había señalado en sus apuntes históricos: los mexicanos cogen entre horas de oficina, generalmente de a patito o empinándose frente a la ventana. Yo ni cogía, ni tenía muchas ganas de acercarme a la casa. Le había dejado como encargo testamentario a Fernández que llevara mi crónica al diario hacia las siete. Si para esa hora yo no tenía el epílogo y le hablaba, no estaba mal para mantener caliente el caso.

La casa estaba pintada por fuera de verde chillón, descascarado por allí y por allá, mostrando la obra de albañilería. Tenía la puerta exterior cerrada, no parecía haber movimiento. La segunda puerta, la del garage, mostraba una cadena mayor que la de mi moto y un candado. Tragué saliva y crucé la calle levantando una sinfonía de claxonazos.

Cinco timbres en el edificio, cada uno de ellos correspondiendo a una razón social diferente, todos parecían oficinas. Toqué hasta que los del tercero, una exportadora de embutidos, me abrieron. Subí las escaleras a saltitos, me enfrenté a un gachupín que tenía una doble ceja, le inventé cualquier mamada y luego descendí las escaleras.

Obviamente, el acceso del garage lateral desde el edificio estaba detrás de algunas de aquellas dos puertas grises en la planta baja, a un lado de la escalera. La primera estaba cerrada, pero la segunda cedió al leve empujón. Daba a un patio interior lleno de macetas donde la ropa tendida secaba al sol. Traté de orientarme. Una barda a la izquierda debería ser el límite con el garage. El espacio del estacionamiento estaba vacío, al fondo una especie de jacal-oficina de ventanas con cristales rotos. Ni huellas de los apaches. Traté de bajar con un salto de gimnasia de fantasía y casi me rompo el hocico, desgarrándome los bajos del pantalón con una antena rota de televisión que estaba por ahí tirada.

Siempre me ha dado miedo el silencio, ahora me daba bastante más que en los días de paseos solitarios por las islas verdes de la explanada de la universidad. A través de las ventanas rotas la escasa luz permitía ver un cuarto vacío de enemigos, con el suelo lleno de cajas destripadas, almohadas descosidas, una escoba. Utilizando la base de la antena de TV despedacé los restos de vidrios de una de las ventanas y abrí un hueco para saltar. La rotura del pantalón se amplió algunos centímetros produciendo un chirrido. El miedo no me cabía dentro del cuerpo, amenazaba con escaparse por las orejas o el fundillo. El primer cuarto daba paso, a través de un pequeño pasillo, a una cocina donde había un catre roñoso. El lavadero estaba roto. Los sonidos del miedo se confundían con el chirrido de los zapatos sobre la madera. A la izquierda, siguiendo el pasillo, un nuevo cuarto. Tuve que caminar hasta la ventana y separar unas cortinas mugrosas que tenían un infantil dibujo de patitos.

En el centro del cuarto estaba una silla de brazos, aún con fragmentos de alambre de púas adheridos a la madera. En el suelo manchas resecas de sangre. El corazón comenzó a latirme a cien por minuto y sentí que el aire no quería bajar a los pulmones. El miedo no es de una, viene de afuera y se apropia de ti. De repente la orina corría por el pantalón. Me había meado, carajo.

Cuando el miedo se fuera tenía que llamar a uno de los fotógrafos del diario, escribir el anexo a la nota, pero antes tenía que correr, huir de ahí, alejarme, y sin embargo…

Caminé hasta la silla de las torturas, me senté en ella y comencé a llorar.

13

¿Qué sigue ahora?

Verne se equivocaba, el *Faro del fin del mundo* era el penúltimo lugar al que una podía llegar, el último era el conradiano *Corazón de las tinieblas* de una misma y en el intermedio de ambos había una ciudad entera.

Cumplí mi sexto mes como periodista profesional y mi cuarto día en el interior de la historia de los muertos del Gran Canal durmiendo en una sala de espera del edificio de la Cruz Roja de Polanco. Con un poco de sentido común, los lugares donde una podía esconderse en la Ciudad de México eran interminables y con una buena libreta de teléfonos, una Guía Roji y una amplia experiencia en ocultarse, adquirida viendo películas policiacas francesas en el cine club de la Sala Chopin, las oportunidades ascendían al infinito.

Una ciudad de veinte millones de habitantes es, por definición y suerte, interminable. Nunca se acabarán los callejones, surgirán nuevas colonias cuando una busca las antiguas, aparecerán parques y se llenarán de tierra suelta y de niños. Mientras, en el cielo el avión desciende y los pasajeros asombrados contemplan esa especie de infinito árbol de navidad acostado, de tapete de luces interminable, la ciudad seguirá creciendo misteriosamente. Cuando parece inmóvil, fijada por la fotografía aérea, no lo está. De manera que cuando el avión trece minutos después tome tierra, la ciudad habrá cambiado y, sin quererlo, un millar de veces. Se habrá vuelto diferente a sí misma. Igual que yo.

Podría seguir así meses, dando vueltas y vueltas. Pero así no sólo ellos no podrían encontrarme, tampoco yo podría encontrarlos a ellos. Nunca podría terminar la historia.

Había ascendido de categoría, mi nota ocupaba la parte inferior izquierda de la primera plana. Los otros periódicos estaban a la cola. El *Uno más uno* editorializaba en primera plana sobre la corrupción policiaca y *El Día* le daba la segunda cabeza de «Metrópoli» a la historia de los muertos del Gran Canal. La reportera de *La Jornada* había ido un poco más allá y entrevistaba al procurador general y al jefe de grupo de la judicial que estaba a cargo del caso. Pero mi nota arrasaba. Las fotos de la casa de la calle Cuauhtémoc y la acusación explícita contra el tal Mendizábal abrían una información que se comía además un tercio de la página catorce.

¿Qué seguía ahora? Busqué un teléfono público y me puse a la cola, detrás de una anciana de pelo blanco que se frotaba las manos angustiada, esperando a su vez que le cedieran turno un grupo de chavillos con uniforme de equipo futbolero que trataban de explicarle a alguien que el accidente había sido accidente y que el brazo se iba a componer, y que no se preocupara señor, que el Arturo...

Le gorroneé un delicado sin filtro a la anciana (¡Mierda, otra vez, Olga!) y esperé fumando hasta que me pude comunicar con el diario.

—'Tate quieta donde andes, Olga, ya le encargamos al Roñas que se haga cargo de la conferencia de prensa que están dando ahora en la Procu. Parece que Mendizábal acaba de renunciar, o lo renunciaron gacho. Tú, quieta, vete a tomar un jugo de naranja. En la noche te das una vuelta por aquí porque te quiere ver el dire.

Yo asentí al teléfono, como si el jefe de redacción me pudiera ver la cara. El rostro de pendeja azorrillada. Colgué.

¿A poco era tan fácil? Carajo, ¡viva el cuarto poder! Sin embargo, no estaba del todo contenta, del todo feliz. ¿Será porque los mexicanos de mi generación, el club de loquelvientosellevó está formado por puros pinches escépticos, que no creen en el Guadalajara ni en las virtudes curativas del té de boldo para el cólico menstrual, mucho menos en los finales felices en technicolor del esmogueado Defe? Puro pito. ¿A poco era todo tan fácil?

Tomé la moto y terminé la mañana paseando por los patios de mi universidad perdida. A través de los ventanales contemplé babeante al profe de técnicas de redacción, Alejandro, del que había estado perdidamente enamorada hasta que me enteré de que le gustaban los machines y cayó de mi gloria. Ahora que lo podía ver con mayor ecuanimidad, me seguía pareciendo maravilloso de lejos. De lejos estaba todo muy bien. Olga Lavanderos, observadora y narradora. Profesional del «mírame y no me toques». Si en la escuela no fueran tan marranamente puritanos me hubiera sentado en el patio, agotada, desgreñada, llena de miedos nuevos, a tomarme unas tecates y poder así romperle el hocico al primero que me llegara a reclamar. De lejos estaba todo muy bonito, o muy feo, maravilloso o pinchísimo. De lejos todo podía tocarse sin que te tocara. En eso estaba mi tristeza instalada. Ahora entendía al boxeador que una vez había entrevistado y que me contestó, con cara de sorpresa ante sus propios irreverentes pensamientos, que después de la victoria lo único que se sentía era un poco triste, muy pinchemente triste.

Me senté bajo uno de los escasos arbolitos que quedaban. La tierra estaba reseca, el pasto rateaba. Esta escuela se estaba volviendo la sombra de sí misma.

—Mira nomás quién está aquí, la maravillosa Olga, la reivindicación de nuestra generación de fracasados —me dijo Gustavo Leal apareciendo de la nada.

—¿Tienes una cerveza fría? —le pregunté. Era una de esas pendejas preguntas que se hacen en las películas sabiendo que te dirán que no, pero que luce mucho hacerlas.

—Estás francamente guapa, muchacha —me dijo sin pelar mi petición de náufraga etílica—. Si no fuera porque eres más inteligente que yo un rato largo y me iba a pasar todo el tiempo sintiéndome pendejo si me decías que sí, ahoritita mismo me declaraba.

—No juegues, Gustavo, ando de baja —le dije pensando que si se declaraba, le decía que sí, a condición de que me cargara los libros. Y no cualquier libro, de jodida la enciclopedia Larousse y las obras escogidas de Mao.

—¿Y qué? ¿Nadie ha podido contigo todavía, Olga? ¿Sigues siendo virgen?

Eso acabó de rechingarme la mañana, porque si una es tuberculosa, ni pedo, pero no tienen por qué andártelo recordando en días malos.

14

Ya no llueve como antes

Siempre soñé en ser como la protagonista del anuncio de Miss Clairol que se baja de la moto enfundada en un overol, se quita el casco y desparrama su melena ondulante ante los ojos de doce millones de espectadores. Por más que ensayé el gesto, nunca me salió del todo bien. Pero esa vez, en la puerta de la casa del Niño de Oro, estaba dispuesta a perfeccionar mis anteriores actuaciones.

—¡Ta-tán! —le dije cuando abrió la puerta, quitándome el casco y mostrándole el periódico con el dedo sobre mi reportaje.

—No des la lata, Olga, espero visitas —dijo apenas sin mirarme.

—¿Qué te pasa, pendejo? Te traigo el periódico a domicilio y no me lo agradeces. No es que me parezcas menos mierda que antes, nomás es que pensé que te debía un favor.

—Te hice un favor y punto, ahí muere.

—Bueno, pues ahí muere —dije poniéndole el periódico en la mano y volteando para irme.

—He estado escribiendo —me dijo—. Cartas de amor a mi novia. Me contagiaste, Olguita.

Yo ya andaba por mitad de la escalera y ni me apetecía contestarle. Era una de las doce mil pinchurrientas cosas que me valían madres.

Por ir encabronada con el Niño de Oro, no los vi venir hasta que los tuve encima. Los pendejos aprendemos con los golpes y el que me dieron me lanzó hacia la esquina de la escalera con el labio roto.

—¡Hágase a un lado, escuincla pendeja! —me gritó el del dedo chiquito mocho.

Los dos traían la pistola desenfundada.

—Tápale la boca, Alvarito —contestó su amigo. Traté de evitarlo, pero el tipo pesaba tres veces lo que yo y traía una 45 en la mano.

Su compañero se acercó a la puerta de la casa y tocó. El Niño de Oro asomó la cabeza unos segundos después.

—Ya te dije, Olga… —le dispararon dos veces. En el pecho y en la nuca cuando se derrumbaba. El sonido de los disparos me cruzó la cabeza como un golpe dado por un bat de beisbol. Lo vi caer frente a la puerta de su casa. El asesino me sonrió.

—Suéltala, Alvarito.

Me desplomé en la escalera.

—No matamos periodistas, señorita, se hace mucho pedo con eso —me dijo el que había disparado al pasar a mi lado. La sangre del Niño de Oro le había salpicado la camisa. El otro me empujó con el pie para que no le estorbara y golpeó como sin querer con la cacha de la pistola el casco que yo llevaba en las manos. Los seguí con la mirada; bajaban las escaleras bromeando. Creo que comencé a gritar.

Luego se me fue olvidando todo y yo estaba sentada en un café de chinos tomando cafés y donas, uno tras otro, y llorando encima de la taza del café, salándolo, como quien dice, y quién sabe cómo chingaos había llegado allí. Debieron haber sido muchos cafés, porque cuando salí estaba oscureciendo.

Ya no llueve como antes en la Ciudad de México. Poco a poco esta ciudad ha ido dándole en la madre a las rutinas que nos enseñó de chicos y va enloqueciendo todo, hasta la lluvia. En Radio Universidad dicen que ya son demasiados kilómetros cuadrados de cemento que retienen el calor y rompen el equilibrio de los días y las noches. Será melón, será sandía, pero ya no llueve como antes, ahora es una lluvia irregular, un pinche chipi-chipi que cala los huesos sin dejarse ver y luego descarga en goterones que cuando se lamen dejan un sabor ácido en la lengua, como a piel sudada. Después del café de chinos había terminado en mi casa, con las luces apagadas, viendo llover. Me había desnudado, como si las manchas de la sangre del Niño de Oro me hubieran salpicado también a mí.

Desnuda, viendo llover en la ventana. Daba para más, para Visconti, al que sin duda le hubiera gustado el Defe para contar melodramas. Daba para mucho más. Y yo no lloraba por el difunto. Es más ni lloraba. Sólo estaba ahí, viendo llover y compadeciéndome del Defe.

15

Los que ganan

Mi periódico contaba la historia sin contarla. También hablaba de la detención de Mendizábal. De las promesas de saneamiento de la policía hechas por el procurador general. Otros periódicos contaban otras historias. Un violador que atacaba en autobuses. Un asalto a una familia en su casa con saldo de dos mujeres muertas. Un duelo a tiros en un centro nocturno entre policías del Defe y del estado de México. Una razia de narcos en la Zona Rosa. Eran historias chiquitas dentro de historias que no se sabrían. También habían reprimido una manifestación de maestros, se había muerto una jirafa en el zoológico, se había cerrado una fábrica de pasta de dientes.

El jefe de redacción del periódico me mandó de regreso a mi sección. La inauguración de la Feria de los Quesos me estaba esperando. El dire había dejado una felicitación sobre mi mesa de trabajo. La foto de Alvarito y de su amigo el del dedo mocho estaba sobre la mesa del Roñas con un boletín en que se anunciaba su condición de ex policías prófugos. Pasé de largo.

Esa semana dormí mucho. No me hice preguntas. No se tienen buenas respuestas a mitad del sueño. Compré con lo de la quincena dos macetas de rosas diminutas. El vecino de la seño que vendía las flores (tamaño esquirol) me advirtió que, cuando florecieran todas, ya nunca volverían a retoñar. Me importaba un carajo. A lo mejor lo decía por envidia, para joder a la competencia. Un viernes me llevaron una serenata. No abrí la puerta. Un lunes me invitaron oficialmente a la Procu, para felicitarme por mis artículos. Fui y conocí de lejos al heredero de Mendizábal, un tal Gómez Murillo, cincuentón, de corbata amarilla. Un martes fui al cine y me enamoré perdidamente de Cliff Robertson. En la noche me vestí con un traje de largo que debe haber sido de la fiesta de quince años de mi difunta madre. Me bebí tres cervezas. Pinté el comedor de azul celeste hasta que amaneció. El vestido quedó de la chingada. Ante el espejo descubrí que aún tenía los ojos verdes y que me gustaba cómo se me hacía un hoyito en la barbilla cuando sonreía. Un día después me cayó el veinte.

En el Defe hay un concurso semanal de pendejos. El jurado es cambiante. Generalmente lo integran los que tienen el rato libre para evaluar a los candidatos. Suele ganar el concurso algún ministro con una frase memorable como «No pretendemos cambiar la realidad sino transformarla» o algo así. Esta semana, aunque probablemente quedaría en el anonimato, Olga Lavanderos se merecía el premio.

El Niño de Oro nunca le había escrito una carta a su novia. Menos aún desde que tenía teléfono en su casa. Menos aún desde que no tenía novia. Habiendo tantas putas, decía, para qué tener una de planta. Pero en su remoto pasado existió una novia conocida. Sandra. Le había durado seis días. Estábamos en segundo año. Yo la convencí de que lo botara a la mierda. Por machista y culero. Era una historia entre los tres. Tardé cuatro horas en descubrir dónde andaba metida Sandra. Tenía una carta para mí.

«Si estás leyendo esta mierda, Olguita, es que me mataron, o sea que más te vale no estar leyendo nada, pendeja», comenzaba el texto póstumo del Niño de Oro. Omito las faltas de ortografía y le compongo tantito la sintaxis por respeto a los muertos. Aunque sean unos muertos de mierda.

«Nunca entendiste nada y si ahora entiendes tantito es porque los pendejos que me mataron no contaban con mi astucia y con tu pinche terquedad. Te van a tener chingándolos todo el rato, porque además de pendeja eres la pura pinche terquedad», seguía.

«Ahí te va en resumen para que lo veas clarito: ellos los agarraron y los exprimieron, pero se los matamos nosotros para que aprendieran a no ponerse a jugar a los secuestradores, y porque el «quien se quede con el bisnes» está a peso por estos rumbos. ¿Ya captaste? Y entonces llegas tú y nos haces el favor, nomás es cosa de dejártela ir quedito. Para que sientas que tú encuentras los frijolitos que alguien dejó regados en el camino. Mejor tú que otros, porque además lo haces gratis y te pones bien contenta. ¿Captaste, Olguita? ¿Agarraste la onda? Mendizábal empieza, nosotros le seguimos. Es como el juego de las escondidas. Tú puedes estártela chaqueteando en un rincón atrás del sofá, pero si te ven te chingaste, y Mendizábal quería más pastel del que le tocaba. Ahora ve tú a saber si yo estoy en la jugada correcta. A lo mejor hay otros que juegan a que nosotros juguemos con Mendizábal y ellos juegan con nosotros. El que salga sin quemarse de ésta, se queda con el Rolls Royce, chula. Nomás una cosa, Olguita, para que no te me vayas a espantar y me dejes jodido y muerto. Una sola cosa. Los que ganen son los más ojetes. Los que ganen son los peores. No te vaya a dar vómito y me dejes difunto y sin poder devolver la patada. Tu amigo que te quiere, Manuel Contreras, para los cuates: el Niño de Oro.»

16

Otro banana split

Hay días en que si te muerdes la mano te envenenas. Otros días son mejores y si te tragas las lágrimas te da dolor de panza. Este día era de los dos al mismo tiempo. Podía suicidarme. Podía casarme con un industrial con futuro. Podía tratar de seguir contando la historia. Para que fueran ahora otros los que jugaran conmigo. Leí tres veces el testamento piñata del Niño de Oro. Tenía cabos sueltos. El primero, el «nosotros» del que hablaba. El segundo, el que no quedaba nada claro por qué había muerto un día antes a golpes la abogada. ¿Cómo los habían asesinado? Si uno seguía la historia que el Niño de Oro después de muerto me proponía, Mendizábal y sus cuijes habían secuestrado a los cinco asesinados para extorsionarlos.

Hasta ahí mi historia iba bien. El papel de Mora en esta primera parte parecía claro. Luego, los «otros» policías habían llegado a la casa de avenida Cuauhtémoc y se habían despachado a los secuestrados para crearle un problema al grupo de Mendizábal. Luego, cuando los cuerpos aparecieron, le habían dado cuerda a los periódicos, a través del Niño de Oro, gracias a una servidora. Entonces habían ganado la guerra. Pero dos de los hombres de Mendizábal empataron el juego metiéndole dos tiros al Niño de Oro. Los peores habían ganado la guerrita.

Mora me invitó a tomar un banana split en Sanborns, a la primera. Para mi sorpresa me dio otra versión:

—Como esto no lo vas a poder escribir, nomás para tu educación te voy a hacer un cuento: aquí hay de a cuatro: los colombianos, los de Miami del Rinoceronte que están con la DEA, los gringos de Chucho que tenían a Mendizábal y los independientes de Guadalajara para los que pensaba que trabajaba tu cuate. Pero ni eso, porque el que lo dirigía estaba con los colombianos. Pero eso no importa porque es muy complicado. Eso es hoy, mañana quién sabe. El caso es que te cuadras con unos o te cuadras con otros, o te vas al Panteón Jardín a servir de abono. Te lo cuento como de futbol. Están las Chivas, los Pumas, el Atlante y la Pandilla y cada uno tiene a sus policías para que le cuiden el estadio... —remató sumiéndose en su helado.

—¿Y quién mató a la abogada? —le pregunté aquel 18 de septiembre. Y el tipo pidió otro banana split y me contestó:

—¿Y eso a quién chingaos le importa? ¿Nos vamos a un motel cuando te acabes el helado?

Hacía mucho que no le daba a alguien una patada en los güevos con tanto gusto.

17

Singapur

Marqué lentamente.

El sueño, el frío, a pesar del solecito que comenzaba a calentarme los huesos, me hacían temblar. Terminé de escribir al amanecer. No era una gran historia, no era ni siquiera un buen reportaje, estaba lleno de huecos. Era mi historia. Las cosas que a mí me habían pasado, lo que me habían contado, el testamento del Niño, lo que había visto, lo que creía que había adivinado. Historias de estas de policías y de narcos que son como equipo de futbol. Como la selección nacional.

—Profe, dígame para qué sirve el periodismo —pregunté cuando Santos se identificó.

—¿Qué ocurre, Olga? ¿necesitas gasolina?

—Algo hay de eso, profe.

—El periodismo es la única trinchera de los hombres libres contra la mierda del sistema. El único problema es que es una trinchera que a veces tienes que compartir con el enemigo. Pero tú no eres una cínica, una babosa complaciente. Tú lo entiendes como el único oficio que vale la pena en el siglo XX...

Permití que la irritada voz me arrullara. Luego dejé

el teléfono descolgado mientras Santos seguía hablando. Si alguien pasaba y lo tomaba podría serle útil la dosis de agitación, siempre es útil escuchar verdades.

Caminé hasta la oficina de correos. Uno a uno fui ensalivando los timbres, pegándolos y arrojando los sobres que contenían las copias de mi último reportaje por la ranurita. Una para *La Capital*, pero los otros diecisiete para once periódicos, tres revistas, dos agencias internacionales de prensa y hasta una para el coordinador del periódico mural de mi ex escuela. Lo más probable es que las ojearan y luego se fueran a la basura.

Había valido la pena. Mientras me alejaba de la oficina de correos comencé a pensar en que lo más lejos que podía pirarme, si no tenía demasiada prisa en llegar, era Singapur. Si no recordaba mal el mapa en el atlas, estaba en la punta de la Federación Malaya, metiendo las narices en el estrecho de Malaca, separada por el estrecho de Johore del resto de la península. Si tampoco recordaba mal, allí tenían un diario de primera, ¿cómo se llamaba?, el *Singapur Daily News*, el *Observer*, el *Tribune*… si las películas no mentían, los periodistas de Singapur vestían trajes blancos de lino de amplias solapas y tres piezas, sólo dos botones, y las periodistas llevaban trajes de tonos pastel y pamelas; si la memoria no me fallaba, los periodistas y las periodistas hacían el amor con refinadas técnicas chinas y en los viáticos se les daba algo de dinero para andar en rickshaws y además…

PERO TÚ SABES
BIEN QUE TODO
ES IMPOSIBLE

Nota del autor

Olga Lavanderos y sus historias nacieron con el destino de vivir y morir de una sola vez y para siempre en *Sintiendo que el campo de batalla...* El experimento estaba terminado. Si han vuelto, la culpa la tienen, por un lado, los amigos que me convencieron, en particular un puñado de lectores adolescentes encabezados por mi hija; por otro, el sector pirrurris del honesto gremio de críticos literarios nacionales, que decretó la inexistencia del libro y el personaje, lo que dada mi manía de llevar la contraria me invitó a persistir. La provocación se repite.

PD. Para los interesados en cronologías, la historia central que aquí se cuenta empieza unos meses después de haberse terminado la anterior, pero por razones de conveniencia anecdótica, hay una trampa espacio-temporal, de tal manera que, aunque sólo han pasado unos meses, ahora estamos en el principio del verano el 88. El lugar, puede decirse con absoluta precisión que es el DF.

PD2. Iniciada en el 91, esta novela permaneció tres años dando vueltas por los recovecos de la computadora sin querer terminarse, me aterraba la idea de que se hubiera deslizado en exceso a los territorios del absurdo y de la farsa. Últimamente ya no estoy tan seguro, la farsa y el absurdo dominan el panorama nacional, cuesta trabajo literariamente hacerles justicia. Es la última provocación que se me ocurre hacer al género policiaco.

PD3. Evidentemente, esta historia no tiene ningún fundamento en la realidad contemporánea mexicana, sin embargo, no estaría demás dejar claro para el lector foráneo o el local profundamente desinformado que, en el 93, después de casi setenta años de distanciamiento oficial y laicismo formal, el gobierno priista mexicano reanudó relaciones con el Vaticano sin mayores explicaciones, y que en las elecciones del 88 se produjo un monumental fraude, despojando a Cuauhtémoc Cárdenas de una legítima victoria.

PIT II
México, DF, abril del 91 / Ontario, octubre del 94

La frase que da título a esta novela no es mía, es parte de un poema de mi hermano Benito Taibo que dice:

Pero tú sabes bien
que todo es imposible
que el pedestal glorioso
es también la sombra larga.

Y también está dedicada a Víctor Ronquillo y Carlos Puig, amigos, periodistas de la generación de loquelvientosellevó, y a la banda rockera y fraternal del Juguete Rabioso.

1

Pancho Villa II

Hay tres maneras de comprender las esencias profundas de la Ciudad de México; más incluso que en el simple aprendizaje de la supervivencia: leyendo los graffiti en los baños de mujeres de los cines; estudiando la pinche guía telefónica, que cada vez se parece más a la enciclopedia británica y que sólo falta que la encuadernen para que algún pendejo la quiera comprar, y por último, pero no por eso menos trascendente, haciendo guardia frente a las cajas de los súpers.

Yo avanzaba hacia la caja con dos six-packs de cerveza Tecate en las manos y me dedicaba a la sociología profunda, a punto de ingresar en lo que los pinches antropólogos llaman «la investigación participante», cuando sucedió:

La mujer no podía tener más de dieciséis o diecisiete años y cargaba a un niño de año y medio en los brazos. Me fascinó su sonrisa irreverente, esa actitud como de pinche accidente, con la que se hacía madre del escuincle. Parecía una sirvienta joven, o una ayudante de una peluquería chafa, o la encargada del mostrador en una lonchería de barrio.

En una ciudad en la que la gente es lo que parece y, por más que se ande disimulando ostentamos marcas de clase, origen, pasado y futuro, en la cara y en la ropa, la muchacha era coherente: madre soltera, proletaria y jovencísima. Pero había algo fuera de lugar, las tres pequeñas cicatrices paralelas en la parte interior de la muñeca derecha. Las huellas del diablo, las marcas de la Gillette en las venas.

Señales conocidas, Olguita, me digo, me recuerdo. También son las mías.

La muchacha de poco más de quince años que cargaba al niño y yo éramos hermanas de marca, hermanas de fracaso. El enano moqueaba. Tenía una mata de pelo erizada, como de mohicano, como un De Niro chiquito en *Taxi Driver*. Me sonrió.

Busqué por ahí alguna otra historia, pero el súper estaba bastante desangelado, abundante de ñoras de apestosa clase media-alta-media, con su sicario contratado vía matrimonial empujándoles el carrito; un súper carente de personalidad y por lo tanto de personajes de nivel. Sólo ella y yo.

—Quién sabe quién lo puso —decía la muchacha a la cajera.

Un policía de azul, convocado por el sistema de luces instalado encima de la registradora, se acercaba rengo a la caja; se le había dormido un pie de tanto estar güevoneando recostado contra la pared.

No me acerqué. Adivinaba lo que estaba pasando. Le cayeron a la muchacha robando unos zapatos. Unos tenis de tamaño diminuto para el niño. Había tratado de pasarlos por la registradora sin que se los marcaran. La cajera manoteaba, el policía había tomado a la muchacha por el brazo. El niño tenía intuición y comenzó a lloriquear, que es lo que hay que hacer cada vez que se te acerca la tira; eso, o partirles su madre.

—Son unos abusivos.

—Los paga y además los tiene que dejar. Ese es el reglamento de aquí de la tienda, firmado por el gerente y autorizado por el Departamento del Distrito Federal —decía el poli repitiendo aburrido la cantinela. Tiempos de crisis, vieja historia.

—¿Cómo voy a pagar doble? No tenía para unos, menos para dos, señorita —dijo la muchacha, pensando que la cajera ofrecía la menor resistencia en la estructura de la jaula que se estaba cerrando en torno a ella.

—Se los estaba robando, y es como castigo —dijo la cajera atrapada en la red de la inercia que a ella la había sacado del barrio para ponerla en jornada de ocho horas, que luego eran nueve, y con salario mínimo.

—Si no tiene para pagar vamos a llamar a la delegación —dijo el poli tratando de ponerse serio.

La muchacha buscó con los ojos algo a lo que asirse; no miró al cielo, no debería tener buenas relaciones con el más allá. Encontró mi mirada. Bajó hasta descubrir los dos paquetes de six-packs. La mirada se hizo huidiza, no debería ofrecerle mucha confianza mi apariencia. Me estudié en el espejo involuntario de una televisión apagada, que esa semana estaba con el 26 por ciento de descuento. No encontré mucho más que lo de costumbre, quizá la mirada hosca se estaba volviendo más terrible de lo habitual. Produje una sonrisa bogartiana con el cigarrillo colgando de la comisura de los labios.

—Los tenis son míos, la señora debió haberlos agarrado sin darse cuenta —dije acercándome.

—No se puede fumar en el súper —dijo la cajera.

—Son muy chicos para su tamaño, señorita —dijo el poli guasón.

—Los uso como macetas, monito —contesté poniendo un billete de a cincuenta encima de mis paquetes de Tecate.

La cajera consultó con la mirada al policía pidiendo línea de acción. Éste se encogió de hombros.

La muchacha me contempló retadora. Era una forma de dar las gracias sin humillarse. Le entregué los zapatos al niño que los dejó caer al suelo. Ella los recogió. Caminamos hacia la salida juntas.

—Tenía dinero para pagar —me dijo.

Ahora me tocó a mí alzar los hombros.

—Es mi regalo para el chavo. ¿Cómo se llama?

—Pancho, por Pancho Villa.

El sol, colándose en medio de las nubes, me dio en el rostro al salir del súper. Hasta las paredes de ladrillos grises brillaban conmocionadas por tanta luz. Curioso, alrededor, las sombras de los nubarrones. El rayo de luz fue tragado por el smog.

—Pancho Villa no usaba tenis —dije por decir algo, despidiéndome de mi hermana desconocida con una sacudida de la mano. Me fui por el estacionamiento errando, a la busca de mi motocicleta. Comenzaba a llover. El sol había sido de mentiras. Gotas gruesas y ráfagas de viento. No era una mala manera de empezar el día, regalándole unos tenis a Pancho Villa II.

2

Nunca sale el siete

En el instante en que empezó a temblar, aquel día de septiembre, yo estaba parada al lado de un comercio en que se vendían bicicletas y no sabía muy bien si la mañana estaba terminando o acababa de comenzar. Entonces, una mujer me puso un niño recién nacido en los brazos, se arrodilló y se deshizo en rezos. La vidriera se desplomó y las bicicletas parecieron querer salir a la calle. Rodaron entre cristales y cartones. Siete minutos después la ciudad no sería la misma. El infierno había caído sobre nosotros. Yo tampoco sería la misma. Había estado viendo amanecer y decidiendo si los ahorros de seis meses me podrían poner al inicio del camino al Istmo de Tehuantepec, a mitad del camino a Singapur o al final del camino hacia la nada. Pero mientras, seguía temblando y el niño se me prendió de la blusa, y ya no pude ir a ningún lado, ni me quise ir, y quedé de nuevo sellada, esposada al Defe, amorosamente prendada de esta marrana ciudad.

Los días que siguieron habrían de hacer el pacto más amplio y más profundo. Un pacto absurdo sellado con sangre, ante los cadáveres saqueados por los soldados en el diamante beisbolero del estadio del Seguro Social. Un pacto de retina permanentemente capturada en la misma imagen: los voluntarios levantando escombros en la colonia Roma bajo la luz de reflectores. Un pacto reafirmado en las primeras manifestaciones de los damnificados y reforzado por las preguntas que parecían eco de todos: ¿Por qué no dejaron entrar inmediatamente a los rescatistas españoles o a los aviones con sangre que venían de Cuba y los capturaron en la burocracia corrupta del aeropuerto? ¿Quién construyó y con qué pinches materiales de tercera las escuelas que se caían como maquetitas de cartón y yeso? ¿Quién ordenó que desalojaran los comedores organizados por voluntarios en el Hospital Colonia para poner en su lugar una oficina de la Procu? ¿Por qué no metían a la cárcel a los constructores de los hospitales que se habían derrumbado? ¿Por qué la propaganda oficial trataba de sacar de la calle al medio millón de voluntarios? ¿De quién era el cadáver que apareció dentro de la cajuela de un automóvil ante las oficinas de la Procuraduría General de la República? ¿Por qué además querían quitarnos nuestra fuerza, nuestra ciudad, nuestro orgullo? ¿Por qué en el conteo de los periódicos los números oficiales hacían día a día descender el número de muertos? ¿Por qué estos hijos de la rechingada querían esconder a nuestros muertos?

Después de eso, ¿a dónde me iba a ir que me amaran más, que me quisieran mejor? ¿En qué pinche culerísima esquina del mundo me iba a meter para encontrar tanta honra y tanta mierda al mismo tiempo? Sólo podía ser ciudadana del derruido Defe. Miedosa, honrosa, culera superviviente.

Y eso era.

Lo que no estaba muy claro es si podía seguir siendo periodista. Desde luego, no en el changarro donde había trabajado y en donde me sospechaba rellenaban el sistema de enfriamiento de los garrafones de agua electropura con meados. No ahí. Me fui como se va una de una mala fiesta, sin despedirse, sin hacerla de pedo. Como se abandona una mala conciencia, haciendo mutis por los pasillos.

Terminé, después de trabajar redactando la publicidad de una cadena de cines, de asistente en una agencia de prensa internacional. Eufemismo que se usa para la honrosísima labor de corta-cables. Los ves salir del teletipo como chorizo, los recortas con una regla, dejas un original para archivo, la copia carbónica en el continuo como testigo y subrayas la idea central en la cabeza del original. Lo divertido es que no recortas los cables propios sino los cables de las otras agencias, para ver si te pisaron algo. Trabajo de espía en tierra de tarados. Una Mike Strogoff pendeja. Por lo tanto, esta humilde cortacables tenía un ojo en los teletipos del enemigo y otro en el teletipo propio, y solía ser la que advertía del peligro a los ineptos que trabajaban en mi misma oficina cada vez que se presentaba la habitual situación de que nuevamente la competencia los había arrollado, robándoles la primicia, el maravilloso scoop del que hablan las leyendas periodísticas y las novelas de Evelyn Waughn (quien a pesar del nombrecito no es dama, ni puto, sino caballero inglés), y que, por tanto, nuevamente la estaban recagando. Con lo cual era siempre mensajera de malas noticias; algo así como una Milady de Dumas padre llevándole informaciones pinches al mandilón intrigante y misógino del Richelieu.

Eso y el que trajera a distancia de «si-te-arrimas-te-engrapo-el-prepucio» a los pinches machines ligadores de la redacción, no incrementaba mi popularidad. Y además el sueldo era una reverendísima mierda.

Pero ahí estaba de ocho a cuatro, lunes a viernes, horario europeo; sería de Bulgaria, porque los pinches teletipos no paraban y no me daba tiempo ni de empacarme entre nota y nota un gansito marinela, maravilloso pastelito industrial relleno de mermelada de fresa sintética y cubierto de chocolate de mentiras, y descubriendo que la vida podía seguirle sonriendo a unos mientras nos jodía a los más (cosa que ya sabía Gautama Sidharta, cuando mientras se dedicaba a la contemplación le encargaba la comida, el diario pipirín, a unos cuijes suyos, que la negociaban con el personal de una tortería en Bombay).

Total, como diría el más optimista de los miembros de mi generación, el enano Turrubiates: «¿La vida…? De pelos», refiriéndose sin duda a la pelusa que adornaba los interminables bordes de la vagina de su santísima madre.

Por pensar cosas como éstas, no por decirlas, de más de un empleo te han corrido, me dije, Olguita, m'hijita, mientras entre los dientes traía un cable de France Press sobre los resultados del abierto de tenis de Estados Unidos, y en la mano derecha avanzaba sobre el jefe de redacción, el ya mentado Turrubiates (que por cierto era el que me había conseguido el empleo), dispuesta a mostrarle cómo la UPI nos había madrugado las declaraciones del postperro e ilustre ministro de Hacienda respecto a la futura rabiosa defensa del peso mexicano contra las inclementes oleadas de la economía mundial.

Se lo ondeé ante los ojos obligándolo a leer al estilo con que Stevie Wonder canta cuando le mueven el micrófono.

—Reputa, devaluación segura —dijo con gran instinto periodístico y recordando la tradición de que, cada vez que un presidente de México decide hacer declaraciones sobre la estabilidad de nuestra monedita con cara del gran jefe Morelos, se viene un desplome al tiro.

—¿Quién cubría Hacienda esta semana...? ¡Mauricio! —aulló el enano Turrubiates, que aunque de pequeño tamaño tenía buen volumen. Yo me retiré unos metros y hundí la cabeza en mis cables. A veces la mesa de cablista era territorio seguro.

—Pinche redomado pendejo —dijo Turrubiates a la nada.

Pese a que éramos una agencia de capital milanés, o sea siciliana, el enano no había aprendido a insultar en italiano, por más que yo había dedicado unos minutos diarios a tratar de enseñarle: *schifoso, puzzolente, cagone*.

—¿Por qué no lo corres? Total, él gana el sueldo real en chayotes, en dinero negro metidito en un sobre de Comunicación Social de la Secretaría de Hacienda; lo que tú le pagas lo gasta en bolearse los siete pares de botas de Guanajuato que se compró, uno para cada día hábil de la semana —dije metiendo cizaña, a ver si con un poco de suerte sacaban a patadas al chayotero de Mauricio, enemigo de clase de esta servidora, trasladaban al pendejo de Morales a la fuente de Hacienda, contrataban a un señor vendedor de lotería para cubrir Deportes y a mí me dejaban Cultura, con lo cual podía vivir en los cocteles de las editoriales, escupiéndoles en la corbata a la bola de mamones que escribían novelas sobre el Defe sin salir de su pinche casa.

No pegó. Turrubiates hizo como si yo no existiera, confirmando que parte del chayote que le daban a Mauricio pasaba por sus manos, y yo continué de cablista.

—En siete, seño —dijo el vendedor de lotería mencionado anteriormente, quien se había colado en la oficina. Era un tipo alto, con cara de jubilado del rock, que mostraba prendida con un seguro en el suéter guinda, una credencial de la Asoc. de Vendedores de Lotería a nombre de Eduardo Monteverde.

—No te creo —contesté quitándome el cable de la boca. ¿Cómo se colaba en la oficina? ¿No sería un espía de Gorbachov? ¿Un narco desempleado? Cualquier cosa menos vendedor de lotería.

—Esta vez sí, se lo aseguro, señito. El siete.

—La mano del muerto. Nunca toca. La lotería que tú traes está roñosa, mano. Estás más salado que toluqueño. Nunca toca. Ni en siete ni en nada. Traes lotería chafa. Seguro antes de salir a vender se la pasas por la joroba a Fidel Velázquez.

—Esta vez, sí —dijo ofendido.

—¿Esta vez sí se la pasaste por el pito al Tláloc o esta vez sí toca?

Renunció. Tenía su orgullo profesional. Se aburría de vender lotería a rejegas. Yo también renuncié. Afuera comenzaba a llover. Me acordé de Pancho Villa II con nostalgia. Quizá no estaba lista para ser madre, pero estaba absolutamente dispuesta a ser abuela, hermana mayor... Del teletipo de la UPI salía un rollo infecto sobre las cotizaciones del plátano en Costa Rica y Honduras. Contemplé los relámpagos que cortaban el cielo nublado sobre el infinito arbolado del Paseo de la Reforma.

3

El abuelo que fue por café

Era sin duda un viejito el que estaba sentado en las escaleras, ante la puerta de mi casa, haciendo guardia mientras leía modosito *Justine*, del Marqués de Sade. Lo miré dos o tres veces desde la puerta entreabierta del elevador. En esta ciudad, todo lo que se mueve o bien es comestible o resulta peligroso. El ruco debía cuadriplicarme la edad, pero no estaba dispuesta a confiar en nadie que leyera al divino marqués mientras babeaba. Tomé las latas de Tecate dispuesta a sorrajárselas en sus escasos cabellos blancos y me acerqué con la llave de la puerta entre los dientes.

—¿Olguita? —preguntó el ancianete dejando a Sade a un lado y ofreciéndome una risueña sonrisa abuelítica, digna de comedia blanca del cine nacional. Menos confianza me dio todavía. Yo soy de las que piensan que las ancianas abuelitas del cine nacional eran personajes de lucha libre y travestis; Sara García había sido en su otra vida el Blue Demon y Prudencia Grifel, la reencarnación de El Mil Máscaras.

—Ne, zhof... —me quité la llave de la boca y reinicié el rollo—. No. Soy la vecina. Ella vive en el piso de abajo, pero está de vacaciones en Sonora. Si quiere dejarle…

—Pinche escuincla mentirosa, si eres igual que tu mamá —dijo el viejo poniéndose en pie. Las articulaciones le crujieron. Eso hizo que me compadeciera.

—¿Y usted quién es?

—Tu abuelito, Inocencio. ¡Cómo eres pendeja! ¿Nunca viste fotos mías?

—¡En la madre! —respondí dejando que las llaves se me cayeran al suelo. Claro que había visto fotos de él, pero vestido de capitán del ejército federal durante la insurrección de Cedillo del 34. Debería haber sido el precursor de los nacos nacionales con aquellas pinches polainas y los lentes oscuros. Con cara de maldito que se masturba al salir el sol con el toque de la corneta y anda luego por pueblos terrosos seduciendo viudas de cuates igual de ojetes que él, a los que se cepilló previamente. El mítico abuelito que cuando la expropiación petrolera se robó un barco de la Sinclair lleno de crudo del bueno. Y, según decía la leyenda nacional, el barco nunca pasó a formar parte de los activos de Pemex. El abuelo desaparecido en la niebla de los tiempos. Un día dijo: «Ahorita vuelvo, voy a comprar un kilo de café» y lo último que supieron es que en lugar de la tienda de la esquina, andaba a cuatrocientos kilómetros, por Orizaba, consiguiendo el mentado café. No le faltaba estilo.

No me atreví a tanto como abrazarlo, porque vivir en estos barrios la vuelve a una desconfiada, pero le abrí la puerta.

—¿Y usted de dónde sale? A mí me habían dicho que se había muerto en los cincuentas. De viejo… —pero a pesar de lo cabrona de la recepción, comenzó a brotarme el llanto. Síndrome de huérfana de novela de Rocambole. ¡Mi abuelito! Me había escondido tras la puerta del refrigerador para dejar caer las lágrimas. Desde ahí asomé para espiar al viejecito que metía a la casa un baúl y dos maletas de cartón. ¿Dónde las tenía escondidas? No se las había visto en la escalera.

—¿Cuántos años tienes?

—Veintitrés.

—Yo con tu mamá no me llevaba bien, m'hija. Pero no soy prejuicioso, y vine a darte un chance. Tu papá además era un redomado pendejo… Con perdón de los difuntos, pero yo creo que a los fallecidos no hay que perdonarlos, menos que a nadie. A los que hay que perdonar son a los vivos, que tienen chance de corregir tantas pendejadas que han hecho y hacerlas otra vez pero peor. Los difuntos que se chinguen. Tuvieron su chance y no lo cumplieron… ¡Puta madre, cómo pesa esta mierda, m'hija!

El equipaje del abuelo se quedó a mitad de la sala vacía y él se dejó caer en el suelo recostándose contra uno de los baúles. ¿Se estaba instalando?

Comencé a meter mis cervezas al refrigerador.

¿Y ahora qué hacía con éste? No estaba preparada para la maternidad, mucho menos para la nietez. Mis relaciones familiares no iban más allá de las conversaciones cómplices con Toñín, mi primo y vecino (y eso porque se dejaba querer; por aquello de que tenía cuatro años y no parecía ir a crecer nunca de los jamases, estancado como gnomo en película de Spielberg), y ocasionales saludos con la cabeza, sin cambiar frase, con la tarada de mi tía. No más. Soledades traigo y soledades tengo. Mi trabajo me habían costado. Sobrevivir de huérfana de película. Acostumbrarse a que nunca esté nadie allí al lado cuando lo necesitas.

—¿Y qué lo trae por aquí, abue?

—¿Soy mal recibido, m'hija?

—No, para nada. Nomás la curiosidad. Se aparece usted después de tantos años. Y yo ni siquiera estaba cuando se fue. Yo no había nacido.

—Pero nos conocemos de foto, ¿a poco no?

—Mi mamá me enseñó una suya de militar. ¿De dónde sacó usted las mías?

—Tengo mis conexiones. Tenía mejores, pero… ¿Qué?

—¿De qué?

—Las cervezas esas que traía en la mano, ¿se comparten o son para ponerles plantitas a las latas?

—Capitán Inocencio Plancarte… Primero se saluda.

—Órale pues, m'hija. ¿Cómo has estado?

La pregunta me llegó mientras sacaba las chelas del refri.

—Bien… ¿O de a de veras quiere que le cuente?

El viejo recibió la cerveza con rostro goloso. Mirada turbia, barba blanca amarillenta. Con huellas de los desastres del tabaco y las babeadas eróticas. ¿Cuántos años tenía? ¿Ochenta y cinco? ¿Más?

—Yo estoy juramentado, ¿sabes? —dijo de sopetón.

—¡No, hombre! A ver, cuénteme del juramento.

Se abrió la camisa con un gesto brusco. Apoyó el dedo índice en una pequeña cicatriz bajo la tetilla izquierda. Las costillas se le abombaban, en esa delgadez extrema que sólo los ancianos y los famélicos pueden mostrar.

—Estoy marcado. Fue juramento con sangre. Ahí en Torreón lo hicimos, unos compinches míos y este servidor.

No dejaba de sorprenderme el recién adquirido abue.

Lo dejé ahí, a mitad de la sala señalándose su blancuzca cicatriz y fui al departamento de enfrente a buscar al Toñín, porque no se lo podía perder. ¿Cuántas posibilidades de recuerdos épicos tenemos en nuestras cortas vidas?

El enano estaba viendo la misma telenovela que ve siempre, una en que los adolescentes de la casa quieren cogerse a las sirvientas y hay un perro con capa de Superman, y salen funcionarios gubernamentales diciendo que la deuda externa vale madres. No soy muy buena recordando telenovelas mexicanas, se me cruzan los canales y las historias. ¿Sería así el asunto? ¿O sería una en las que los funcionarios de Hacienda querían cogerse a las sirvientas y unos adolescentes mamones peinados de salón hablaban sobre la deuda nacional y traían cara de perro y capa de Superman? Al niño, si no le gustaban, por lo menos las veía reconcentrado. Hay pasiones que matan, como bien decía mi maestra de inglés en la primaria; sobre todo cuando iba a la pulquería.

—¿La piruja de tu mamá?

—E jue de farra, Olguis.

—Vente pa'ca, que te voy a presentar a tu abuelito. Está ahí. Un viejito a toda madre, con heridas y todo.

—¿Ridas 'e guerra?

—No, mejor aún, de juramentado.

Toñín tiró de su eterna mamila con Chocomilk y a la salida pescó de la oreja un oso de peluche todo descagalado. Me siguió por el pasillo. El abuelo Inocencio no se había dado por enterado de mi ausencia; seguía enseñándome su cicatriz. Como en pausa. La lógica del videotape nació en el siglo XIX, por lo visto.

—¿Y qué decía el juramento, abue?

—Juro ante mis muertos y mis vivos —dijo en tono solemne— que me voy a pasar por el cepillo a cuanto hijo de la chingada mamón de la Liga Defensora de la

Libertad Religiosa vea, de lejos o de cerca, por la salud de la patria. Y que me crezcan las orejas si traiciono el juramento.

—No me gusta mucho, le falta estilo.

—Estábamos medio pedos el día en que hicimos el juramento, pero éramos mexicanos de verdad, no como los de ahora.

—En la madre, un abuelito patriota —dije mirándolo bajo unas nuevas luces.

—Cuando sientas en la noche el aliento amoroso de la nada en la oreja, es la patria que se acuerda de ti —dijo el abuelo Inocencio y luego se engulló lo que le quedaba de una de mis cervezas de un solo trago.

—¿Y eso?

—De Guillermo Prieto, Olguita, que era un poeta chingoncísimo, pero como era honrado nadie lo recuerda y ponen pulquerías en su calle. Allí en la colonia San Rafael.

—Eso le hubiera gustado a Prieto —dije.

—¿Cómo lo sabes?

—Porque Prieto también es mi gallo, abue. Y le encantaba escribir de pulquerías. A ver si usted se aprende las reglas de la humildad y no piensa que todos los que lo rodean son pendejos y no saben de las glorias nacionales del siglo XIX.

Con mi cerveza en la mano caminé hasta el sillón solitario y me dejé caer en él.

—¿Cuántos años tienes, m'hijita? —volvió a preguntar.

—Veintitrés para veinticuatro, en tránsito, abuelito —dije con mi más tierna voz; sonándome a mí misma como un personaje pendejo de cuento de hadas.

—¿Y ese quién es? —preguntó el abuelo Inocencio señalando a Toñín que lo contemplaba fascinado.

—Tu casi-nieto, Toñín, el hijo de la hermana de mi mamá.

—Mi hijo era un pendejo.

—¿I guefe?

—¿Qué dice?

—Que si su jefe.

—No, tu jefe no, tu tío, el papá de ésta. Ese mero, niño.

—Ah, güeno —dijo Toñín aliviado porque no tenía que lavar manchas de honra con sangre, o manchas de sangre con honra, y podía seguir admirando al ruquito.

4

Novela

Estaba escribiendo una novela que se titulaba a toda madre: *Los viejos militantes, como los viejos rockeros y las viejas putas, nunca mueren.*

Era un título un poco largo, pero valía la pena sin lugar a desasosiegos. Los títulos largos nadie los recuerda, de manera que podía seguir siendo anónima *forever*.

Después del pinche titulazo seguía mi nombre: «Olga Lavanderos.»

Y empezaba bien:

CAPÍTULO I
Dios nunca muere

Te dijeron que Fabián se había suicidado. Respondiste entonces al teléfono: «Dios nunca muere». Luego te arrepentiste. No sabías si los dioses de unos y de otros morían o no, pero Fabián se había metido en el alma una caja de nembutales y no llegó hasta la taza del baño a vomitarlos, se quedó muerto el muy pendejo a mitad del camino, con una silla toda rota a su lado y tres discos de Bob Dylan sin funda. Dejó recado: «Ni modo, en ésta no se pudo, más suerte para la próxima». Los chingó. Ahora ustedes tenían que seguir sin él, aunque sólo fuera para demostrar que estaban equivocados. ¿Quiénes estaban equivocados? Te pasaste todo el pinche velorio preguntándotelo. ¿Quiénes estaban equivocados? Ellos o nosotros. ¿Estarían equivocados los que ni siquiera pensaban que estaban acertados? Se había creado un enorme territorio de sombras donde cabalgaba la duda. Cada vez era más difícil hablar de ellos y de nosotros. Se había llenado la áspera geografía del Defe de «los otros». Unos tipos que no eran ellos, unos tipos que habían sido como ustedes. Fabián era el tercero que se iba en el elevador del hasta siempre, en el tren rápido destino chingo-a-mi-madre. Cada vez eran menos. Todos los días uno de ustedes era un cacho menos del nosotros. Luego, cuando dentro de veinte años te pregunten cómo era el 86 o el 88 no lo podrás explicar, porque la memoria es una mamona sin memoria y el olvido un cabrón que no recuerda. Pero anotas hoy aquí en el papelito. «Pinche año de mierda, cada vez somos menos», para que quedara constancia que por lo menos no eran ciegos. Para que se sepa que los sobrevivientes no se habían educado sentimentalmente en Hollywood, sabían que estaban sobreviviendo.

Te iban llegando noticias de unos y de otros. Vagas noticias. Algunas con aureola. Sabías que el Paco estaba en los ríos nayaritas trabajando con una cooperativa campesina; sabías que el Chino había desaparecido; sabías que las desapariciones eran el síntoma de reapariciones guerrilleras; sabías que Beatriz estaba viviendo en una colonia que estaba a dos kilómetros más allá de la última colonia perdida en el Vaso de Texcoco; sabías que Elver se había casado, había heredado una papelería en Atzcapotzalco y tenía un hijo (lo pusiste en la lista de las reservas estratégicas, a Elver, no al hijo); sabías que Los Chinchulines se estaban reagrupando en torno al último gurú teórico de la facultad de ciencias; sabías que La Araña persistía. Saberlo te tenía tranquilo. Te sentías responsable de una generación. Esa es la maldita obsesión de los futuros escritores, controlar el destino, vigilar los pasos de todos, mantener los hilos de la información, ser como un dios bobo. Esa necesidad de sobrevivir las historias de otros aún a costa de la propia. De quedarte, en el pleno convencimiento, de que alguien tenía que quedarse para contarlo.

Miraste por última vez la cara del muerto y saliste sin despedirte.

Como se ve, era una novela con protagonista masculino y veterano. Un sesentayochero viejo. Testigo de los males del imperio. El reto era maravilloso, escribir con voz masculina y de un tipo veinte años más grande que yo. No sabía muy bien cómo iba a terminar el capítulo uno, había que meterle acción, diálogos, personajes de verdad, no recuerdos de personajes, pero tenía armado el principio del:

CAPÍTULO II
El Mustang blanco del Canalla

Notaste que el Canalla se iba poniendo rarito, cuando empezó a platicarte de un anuncio de camisas Manchester que pasaban por la televisión y que le dirigía mensajes personales. A estas alturas, en aquellos días, uno no distinguía en el lenguaje de los cuates entre parábola, paradoja, metáfora, pedéfora, pedófora, mamófora, paragüevos y sombrilla. Cuando una semana después insistió con el rollo obsesivo, esta vez diciéndote que le dejaban mensajes en los postes de teléfonos, te sacó de onda de malísima manera. Eres de los que piensan que la locura es contagiosa, que se transmite por beso, por plática o cogiendo, como el catarro. De manera que lo invitaste a echarse unos tacos de carnitas y lo mandaste al postre para su casa a toda velocidad.

Luego te dijeron que estaba loco. Loco de locura de verdad. De la buena, de la única, de la que no se regresa. Que lo habían ingresado en el siquiátrico de Tlalpan.

Tú del Mustang no sabías gran cosa, fuera de que el Canalla, en un rapto de locura que entonces no te pareció locura sino normalidad incontrolada, se lo había comprado saqueando la caja de la taquilla del cine Teresa. El Canalla, cuando no andaba con ustedes en la rola sindical de los barrios, ayudaba a su padre, propietario de un par de roñosos cines, entre ellos el Teresa, un cine al borde del derrumbe, por San Juan de Letrán, en el que pasaban películas francesas, de esas en las que se veía, a mitad de los sesenta, cómo una mujer se ponía las medias lentamente (ahí estaba la clave del cine Teresa, en la lentitud de la mujer para ponerse las medias). Era taquillero de un cine erótico, pues. Y un día se levantó la taquilla de la semana, se fugó, dejó entrar a todo el mundo gratis y con el dinero fue y se compró un Mustang blanco.

Habrá dado el adelanto, crees, porque nunca te pareció que la recaudación semanal del cine Lido, por ejemplo, diera para tanto.

Bien, cuando lo metieron al siquiátrico, quién sabe dónde dejó escondido el Mustang, porque su padre nunca lo pudo recuperar. Eso lo supiste por el Cabezón que te dijo que andaban buscando el Mustang blanco del Canalla. A ti, francamente te valió madre. Estabas muy preocupado pensando que a lo mejor de un día para otro los postes empezaban a hablarte y los anuncios de brasieres Playtex te tiraban mala vibra.

Eso fue antes. Pero siempre hay luegos. Por eso, otro día, un año después, oíste el final de la historia:

El Canalla salió del siquiátrico, completamente curado, según ellos, como foquito, según el que te contó la historia (que creo que fue Servando Gajá, quien compraba tuercas del 8 en una tlapalería donde coincidieron), de tantos toques eléctricos y electroshocks que le habían metido, que parecía árbol de navidad. Y entonces el Canalla salió de la cárcel blanca, se peinó con cepillo albo, se vistió con un traje blanco de tres piezas (eso te impresionó, lo recordabas con un suetercito negro de mangas largas, el pelo muy corto, las enormes lentes de miope…) y se subió al Mustang blanco que tenía por ahí escondido. Agarró 20 de Noviembre a todo lo que daba el final de la noche. Avenida iluminada, llena de foquitos de navidad. Y entró con el Mustang blanco por la puerta de Palacio Nacional, llevándose un buen cacho en la embestida. Los soldados lo sacaron de los restos del carro a madrazos y lo metieron de nuevo en el siquiátrico, crees. No supiste más, entre otras cosas, porque te dio miedo. Aunque tenías que reconocer en el Canalla una cierta dignidad y lucidez. Si estás loco, lo mejor es que tu locura sea acorde con tus viejas locuras no locas. Con el viejo nosotros. Entonces si los postes te hablan, está a toda madre entrar destrozando la puerta de palacio a decirle al presidente que todos sabemos que si los postes te hablan es culpa suya. Que el poder es el que ha hecho que los postes nos tiren mala vibra. Que si uno se enloquece de total locura, no parcial, eso no hace que la locura total sea pendejez y uno se le olvide que el estado sigue siendo, por muy loco que estés, el enemigo...

Y no tenía mucho más, excepto el final del libro, una reflexión del personaje:

La juventud es el único territorio unánime, compartido por todos; por eso resulta un buen negocio evocar virginidades hoy perdidas, ilusiones desgastadas, amores que no salieron...

Me estaba gustando esto de comenzar novelas. El problema era el después. Ese siempre es el problema, el después.

5

Las manos pintadas de verde

—¿Primero les pintan la mano de verde y luego los matan o primero los matan y luego les pintan la mano de verde?

—No tengo idea —dijo Turrubiates azorado por la perspicacia de mi pregunta—. Vale madres, ¿no?

—No, no vale madres. A lo mejor ellos se pintan la mano de verde.

—¿Quiénes?

—Todos, asesinados y asesino, y eso significa algo. Y luego la muerte. A lo mejor ya la tenían pintada antes de morir. A lo mejor, los que los matan se las pintan después de matarlos, para mandar un mensaje. Ve tú a saber. Todo tiene importancia mientras no se demuestre lo contrario.

El jefe puso los pies sobre su escritorio y le dio miles de vueltecitas al azúcar en la taza de café usando una cucharita de plástico horrenda. Luego dijo con cara de inteligente, porque lo único de inteligente que tenía era la pinche apariencia:

—Sólo tú, Olguita, puedes hacer preguntas tan mensas en el Defe. Antes le hacías a la nota roja, trabajabas en un periódico con rollos criminales, ¿no? Pues ve y averigua si se las pintan antes o después.

—¿Quedo libre de la cortada de cables?

—Por hoy, que los corte otro pendejo.

Ni me esperé a ver cual de todos los pendejos de la oficina, incluido él, iban a realizar mi sacrosanta labor y salí zumbando, no fuera a ser que se retractara. Muy su pinche y puñetera costumbre.

Traía un suéter noruego de imitación taiwanesa y una bufanda de seda italiana hecha en Hong Kong, la blusa era coreana imitación seda; el casco de la moto era malasio, aunque con marca francesa. Mis zapatos hechos en Sri Lanka, aunque se llamaran Newline, y los pantalones vaqueros decían que estaban fabricados en California, aunque los manufacturaran realmente en San Juan del Río y del otro pinche lado sólo les ponían las pinches etiquetas. Digo todo esto para demostrar que yo era una mexicana común y corriente, lo cual se notaba en que fumaba Delicados con filtro y estaba dispuesta a abandonarme en las procelosas aguas del contaminado Defe recitando a Efraín Huerta: «No es el amor de fuego ni de mármol. El amor es la piedad que nos tenemos». Él y otro ilustre mexicano llamado Pancho Kafka iluminaban mis días.

La ciudad estaba querendona. Un viento suave arremolinaba las hojas de los árboles del Paseo de la Reforma. En las escalinatas del cine Latino un tipo tocaba la trompeta. ¿Un danzón? El *Danzón Juárez*. La magia grande, el sabor, la realidad real. Tenía frente a sí una boina para que los paseantes pusieran dinero. Me senté en las escaleras a oírle. Era joven. No parecía un músico desempleado. Más bien un estudiante del conservatorio peleando contra la crisis. Tenía cara de derrotado amable. Me sonrió con los cachetes hinchados. Salí volando. Enamorarme de un trompetista desempleado era el último de los lujos que podía darme.

Tenía vena romántica, y eso que iba detrás de los muertos que le habían llamado la atención a Turrubiates. Era, Olguita, hija mía, un caso perdido de falta de sincronía entre los haberes y los deberes. Sería porque en los últimos años mis emociones habían estado como capturadas dentro de un flipper, ese aparato en que las bolitas metálicas descienden a toda velocidad mientras tú tratas de anotarte puntos dándole a los botones laterales y moviendo las caderas, pensando que eso tiene algún sentido. Ese era el problema de las mujeres de mi generación, que movían las caderas pensando que eso era útil. Chile, camote, no servía para nada. O eso, para puro chile, servía. Pendejas que creían que Orinoco era una forma elegante de decir que querías ir a mear (las cultas pensaban que «Orinoco» era un cine donde ibas a mear).

Viré paseando para el interior de la colonia Cuauhtémoc, buscando un restaurante italiano sobre Río Rhin. Los muertos de las manos verdes eran dos, o sea que el plural se usaba nomás por precisión, y no parecían una epidemia de fiebres virales, como esas que azotan al Defe en el menor descuido y que la Secretaría de Salud se empeña más en ocultar que en prever. Los muertos pronto desaparecerían si en manos del regente del Defe estaba la cosa. Desaparecía todo: desaparecían las pandillas, desaparecían los votos en las urnas, desaparecían los censos de población, desaparecían los cuetes en los mercados hasta que la explosión demostraba que ahí habían estado siempre; en la estadística mágica del DDF hasta desaparecían los borrachos (¿estarían todos en la tele haciendo anuncios de Maderito?), desaparecían los accidentes del metro, desaparecía la nube negra de la contaminación.

Ciudad de ciudadanos invisibles, de males inexistentes, que nunca eran ratificados por la información pública o por la estadística. Ciudad en la que sobrevivíamos sólo gracias al sacrosanto recurso del rumor, que nos reconoce y nos permite la subsistencia. Ciudad de veinte millones que sólo son ocho en los censos, catorce en las estadísticas, veintiuno en el rumor popular. Ciudad disco duro jodido, floppy defectuoso, goma de borrar inmensa, papel carbón colocado al revés. Ciudad de fantasmas sin nombre y fantoches todoexistentes. Ciudad de ausentes y desaparecidos, que reaparecían después de haberse vueltos inocuos en las placas de las calles o en los artículos del *Excélsior* o *El Nacional*, previa cobrada de beca. Ciudad de fantasmas que salían de la vida y retornaban difuntos trabajando en Solidaridad. Ciudad maldita donde sólo el seis por ciento lee libros (y ni me preguntaba a mí misma la mierda que leía la mayoría: *Las mujeres que aman demasiado, Los hombres que no la hacen, Manual de plantas medicinales criadas en maceta de azotea, Método kung fu para hacer huevos motuleños*). Ciudad maldita de sirvientas bilingües que no se atreven a cantar, ni siquiera bajito, en su dialecto original; ciudad negada, invadida por cínicos y tristes, por mamones y verdugos.

Y ahora, ¿por qué te estabas calentando con el Defe, Olguita? ¿Por qué se te enloquecía de amores la ciudad de tus odios? ¿Por qué se alucinaba de rencores la ciudad de tus pasiones? Sólo era el Paseo de la Reforma, nomás eso, soñado por un virrey impertinente y reinventado hace 125 años por un impostor austriaco que dijo que era emperador y, los mochos que lo habían inventado a él en sus sueños de hadas, se lo creyeron. El Paseo de la Reforma al atardecer, un sol rojizo que anaranjaba el horizonte haciendo la postal de las postales. El Defe imita a las tarjetas postales, la vida está diseñada por un decorador de aparadores de Sears Roebuck.

En la esquina de Pánuco había cola frente a un puesto callejero de fritangas. La cultura se defendía del enemigo. Las fiebres palúdicas no podrían con nosotros y no leeríamos *Newsweek* mientras hubiera tacos. Pregunta: ¿Sabe usted por qué los perros se la lamen? Respuesta: Porque se la alcanzan... Si los comunes normales nos lo alcanzáramos no andaríamos ligando en las fiestas de quince años y esperaríamos hasta los setenta para practicar el sexo responsable. ¡Carajo!, le había dado a la clave de la penetración en México del yoga. Y yo medite y medite y enfrente de una estaba ahí la verdad, sencilla y simple, deslumbrante, todopoderosa. El yoga había llegado a México para quedarse, porque había mostrado un método científico de alcanzársela.

El restaurante se llamaba Tarantella y el primer muerto de las manos verdes era el difunto dueño, que un día apareció sentadito ahí, en la terraza, con un tiro de 22 en la frente y las palmas de las manos pintadas de verde.

Me senté y pedí un agua mineral con alkaseltzers y una copa de vino blanco. No causó extrañeza al mesero. Debían tener una clientela selecta.

El segundo muerto fue un ciclista. El campeón de la Vuelta a México del 75, Odilón Zendejas. En eso se parecían los dos muertos. Compartían el mismo apellido y eran primos. El dueño del comedero italiano se había llamado Luis Bravo Zendejas y, por la cara del barman y el mesero, no había sido muy estimado. Un moño negro en una de las paredes era la única presencia del luto.

—Perdone, ¿quién es el dueño ahora? —le pregunté al camarero cuando llegó con mis bebidas.

—La señora —dijo señalando hacia una mujer que comentaba algo con el cajero. Una mujer de mentiras, con uñas y pestañas postizas, que me doblaba la edad.

Me sacudí el alkaseltzer como si fuera un whisky doble, como había visto lo hacía Paul Newman, en los mejores tiempos, y con la copa de vino en la mano me deslicé hacia la caja.

—Mis condolencias... —dije muy propia.

—¿Periodista?

Asentí humildemente.

—Pues si no lo publica, le puedo decir que mi ex era un pendejo.

—¿Y eso?

—Siempre estaba millonario y me dejó un restaurante sin clientes y con dos hipotecas.

—¿Y eso? —repetí a riesgo de no parecer muy original. No hay como navegar con bandera de babosa.

—Era un hocicón. Luis era tarado. Todo el día se pasaba haciendo negocios que no salían. Yo creo que por eso lo mataron. Siempre se quedaba haciendo negocios después de que cerrábamos, negocios pinches, de esos que no salen, y en la cuenta del restaurante se quedaban los whiskys y los vodkas finlandeses, y las cubas libres y los maderitos... Había negocios pinches y más pinches, eso se lo podía decir por el consumo de tequila o presidentes en las rocas.

—¿Y la noche en que lo mataron?

—Pinchísimo. Eran tres, dos bebedores de tequila y mi difunto.

—¿Dijo algo de lo qué se trataba el negocio?

—Ay, niña, eso ya me lo preguntaron tantas veces...

La mujer se giró aburrida a verificar la cuenta de una de las mesas. El vino sabía rancio.

—¿Y su primo? El que murió a los tres días.

—¿El ciclista? No, ese sí que era un verdadero pendejo. Yo nomás lo había visto en la boda... Y luego lo matan también. Sepa con quien se andaban juntando estos tarugos.

—¿Y las manos pintadas de verde?

—Qué chistoso. Quería pintar el restaurante Luis, pero no de verde, de color salmón…

6

La responsabilidad de la educación

El abuelo estaba durmiendo a mitad de la sala envuelto en la alfombra y con una botella de tequila vacía al lado. Parecía uno de los muertos pinches de mi reportaje, sólo que sin las manos pintadas de verde.

Roncaba.

Yo dormí mal, dando vueltas para un lado y el otro, sudando sin calor, llena de miedos. Me levanté un par de veces para ver las luces de la ciudad desde la ventana. En ocasiones, ver las luces me quitaba el miedo. Esa noche, no.

Un par de veces más, de camino al cine Orinoco, me asomé a contemplar al viejo. Dormía plácidamente, con ronquidos intermitentes y mirada angelical.

Yo daba vueltas perseguida por la pérdida de la orfandad y los muertos de manos verdes. Hay noches que no quieren con una.

En la mañana, Toñín me estaba esperando en la puerta, vestido con una sudadera que me había desaparecido meses antes de los tendederos, la maravillosa de: «Puto si me ves dos veces», que traía un dibujo de la Tetona Mendoza.

—Ya 'amos a la 'cuela, Olguis —dijo muy serio.

—¿Y para qué quieres ir a la escuela, güey? ¿A poco quieres dejar de ser inteligente?

—Llévame a la 'cuela, pinche Olguis.

En una mano traía dos puros jarochos y en la otra un cuaderno Scribe y un plumón.

—¿Y tu lonchera, güey? No puedes ir a la escuela sin lonchera. Además hay un señor en la puerta que te pregunta cuantos años tienes, y si no dices: «Cinco cumplidos, ñor», no te dejan entrar. Tú nomás tienes tres pa'cuatro... ¿Y los puros?

—Pa' la maestra, Olguis.

—No, pues ya chingaste... Lo que pasa es que a ti te toca en el turno vespertino, Toñín. Espérame que haga algunas cosas y el abue te echa una mano para organizar la escuela —dije y huí ante la tremenda responsabilidad de explicarle al Toñín que de plano se había vuelto subversivo, ¿cómo la escuela podía interrumpir de una manera dramática su educación?

Hay cuates que llevan en su vida la marca infamante de Milady, la rosa de las putas tatuada sobre el hombro. Uno de ellos era Marciano González. Su padre le había puesto ese nombre y él había vivido en la loca tratando de librarse del estigma. Había sido el más sensato de mis compañeros de generación. Nunca comió quesadillas, porque el queso Oaxaca podía estar envenenado; nunca insultó a un maestro, ni en público ni en privado; estudió periodismo y no trabajó en un periódico sino que se fue a recortar papelitos en una de las muchas dependencias gubernamentales que hacían resúmenes de prensa; se casó a los veintiuno cumplidos y tuvo dos hijos, parejita, machito y hembrita, a los que desde luego llamó María

Guadalupe y Pedro Pablo, nada de Roxana ni Aristarco, nada de Penélope (por más que Serrat hubiera reivindicado el nombrecito) ni Silvano. Ahora trabajaba en el departamento de investigación, un vil banco de datos, de Nacional Financiera y era el tipo que apretándole a una teclita, más información personalizada podía obtener, incluyendo a los de la Secretaría de Gobernación.

Le ofrecí dos Tutsi Pop de cereza por los datos de Luis Bravo Zendejas y eso lo puso tan nervioso, que me los tecleó en seguida sin largarme el habitual rollo de que era ilegal y que la empresa no estaba a disposición de sus compañeros de generación. Ni siquiera se animó a pedirme que quitara las paletas de encima de su mesa. Le sonreí. Me miró apenado. Me levanté la camiseta que le había birlado al Toñín y le enseñé el ombligo. Casi se muere del shock.

A fin de cuentas me llevé las Tutsi Pop y las estaba chupando alternadas, sentada en el camellón de Reforma, mientras revisaba los escasos datos que me había dado el marcianito:

Zendejas había tenido un restaurante de mariscos antes de irse a la Zona Rosa a probar de italiano. Zendejas había ganado once millones de pesos una vez en las carreras de caballos. Zendejas tenía tarjetas Visa, American Express, Mastercard, Carnet y Diners. Era el rey del plástico. Zendejas vivía en una casa hipotecada. Zendejas había tenido una cuenta en dólares antes de la nacionalización bancaria. Zendejas manejaba una cuenta en el Chemical Bank de Houston. Zendejas tenía seguro médico y lo habían operado de cálculos biliares. Zendejas jugó boliche en un club de la colonia Florida en los campeonatos amateurs del 85. Zendejas fue padrino de boda de la hija de un subsecretario de Turismo. Zendejas tenía un pequeño expediente por acusaciones de fraudes a joyeros. Oficiaba como representante de una empresa de Hong Kong que compraba flor de hilo de oro a orfebres mexicanos y no pagaba a tiempo.

Basuritas. El tipo era más preciso en la descripción sórdida ofrecida por su esposa: un millonario de lengua que se entequilaba los sueños. Un loquito local bajo la luz de la luna.

El abuelo estaba educando al Toñín, quien seguía en sus obsesiones pedagógicas, con el anticuado método de leerle al enano el diccionario. Iban por la ali: aliciente, alicates, alimento, alineación y balanceo, aliñar, y Toñín insistía que faltaban palabras.

—«Alimales», agüe.

—Este niño es un salvaje, Olga. Está en estado bárbaro, como Mowgli, el de Kipling. ¡Libérame de él!

Le recordé a Toñín que era la hora de los noticieros financieros y salió volado para su casa. No porque le interesaran las cotizaciones en las bolsas sino porque solía ser la hora en que su mamá se aparecía con la comida.

—Gracias, nieta. Eres una genia en el trato con infantes.

—Abuelo, ¿qué lo trajo por aquí después de tantos años? —le pregunté antes de que siguiera haciéndome la barba.

—Unos negocios… uhm —dijo haciéndose el misterioso y navegando hacia el refri a la caza de una cerveza. Luego se acordó y se detuvo.

—Hija mía, ¿no te parece de mal gusto ponerle candado al refrigerador?

—Es que hay por estos rumbos mucho cabrón, abue, pero la llave está encima del refri, en esa maceta de flores de plástico —dije ablandada por la edad. La mía, no la de él.

7

Esta mierda, que no es para siempre

La ciudad se había llenado de pintas. Por lo menos así me lo parecía. Mi ciudad se había llenado. Todo el descenso del multifamiliar en Lomas de Plateros hacia la civilización estaba saturado de mensajes. Eran monocordes, no daban para mucho. Pintas anónimas: «Macario me la chupa», solían decir. A veces variaban: «Macario se la chupa». Cuando danzaba en la motocicleta por las calles que ni a nombre llegan, tristes calles con nombre de número y que descienden del Periférico hacia avenida Revolución, yo andaba buscando con la vista una variación sobre la frase, algo así como: «Macario te la chupa». Lo cual hubiera completado las limitadas posibilidades que en la vida parecía mostrar Macario: servir de aspiradora-mamadora. En los días malos, me daban ganas de conocer al denostado Macario. Era un bornluser, como una periodista que yo conocía.

No era la única pinta. Mensajes anónimos destinados a los contempladores de la ciudad en ruinas. Otros leen el periódico, yo leía esos rasgos esqueléticos, dejados en la pared con prisa: «Volveremos, me cae que volveremos», decía una espartaquista-macarthuriana. «Posmodernos, mis güevos», decía otra culta. «¡Queremos agua!», decían muchas; pintas sedientas, de activistas de las colonias a la espalda de mi casa, hartos de combatir contra burocracias y carestías, persiguiendo pipas que cobraban sobreprecios para que uno pudiera lavar los trastes y las manos. Otros leen el periódico, entran en el día a través de la palabra escrita. Yo me metía en el smog y, mirándolo todo verdoso a través de los lentes de motorista, entraba en la ciudad pública de los mensajes múltiples. Ofertas de trabajo, quejas de desempleo, solidaridades a huelgas reprimidas hace tiempo, mensajes de amor luego correspondido, porque no se repetían. Era mi periódico. Puede que no informara sobre el Dow Jones, ni las elecciones en Toluca, pero me introducía en la maraña de informes que hacen que te sientas dentro del mundo real.

En las últimas semanas habían aparecido algunas novedosas, sobre todo en la salida de Calle Cuatro hacia el Periférico y en los muros de los puentes inmediatos: «Ya lo he dicho, sólo los muertos no vuelven» (¿quién lo había dicho? ¿a qué horas lo había dicho?); «Queremos substituir la insolencia por el orgullo» (¿quienes querían? ¿en nombre de quién hablaban?); «Paz a los buenos, guerra a los malos» (esa me gustaba particularmente; a mi generación la habíamos machacado con eso de la guerra contra el maniqueísmo, pero una mínima dosis era útil, simpática, necesaria, como rezarle al osito Bimbo antes de dormir); «Despierta a la esperanza» (ésta era maravillosa, para decírsela al osito Bimbo a la hora de levantarse toda chinguiñosa de la cama). Me sonaban conocidas, si no las frases, al menos el estilo; sonaban a cosas que una leía en el curso de Ideas Políticas III, las típicas cosas que a una le gustaban pero que al maestro le parecían intrascendentes, superfluas (superfluos ellos que cobraban por decir mamadas). De cualquier manera, unos nuevos invasores habían llegado al barrio o habían brotado como renovados hongos en la colonia. Había algunas francamente tremendistas que el profe Santos hubiera adorado: «Aquellos que quieren hacer el bien sólo han de dormir en la tumba». Parecía un eslogan para el consumo de bencedrinas.

Otras lapidarias: «No conozco más que al enemigo, derrotemos al enemigo». Esa me gustaba, era una buena idea para alguien que tenía muchos amigos.

Los invasores de las bardas, además de animarme mis mañanas, tenían una furibunda guerra contra los pintabardas oficiales de la delegación. Pintaban en rosa, un rosa asqueroso, bastante blancuzco, y pintaban siempre en las bardas de los programas oficiales, de las viejas campañas electorales priistas, de los anuncios públicos. Cuando les borraban una pinta, la realizaban de nuevo tres veces en la misma calle y zona. Parecían destinados a sobrevivir. Quizá pensarían que podían ganarse la eternidad. Eran subversivos, pero subversivos abstractos. Una forma de invitación a la rebelión que sólo podía fraguarse en íntima soledad. No apelaban a organizarse, ni a firmar, ni a reunirse, ni a pedir. A mí, en mi solitario anarquismo-pachorrudo, me venían bien. Eran como mensajes del angelito ultraizquierdista que me vigilaba para que no engordara comiendo pura pinche sopa Campbells de bote.

A veces, camino a la oficina las encontraba todavía frescas, goteando espesa pintura rosada. Detenía la moto, me acercaba a la pared y comprobaba con el dedo índice que los anónimos narradores y mensajeros acababan de pasar por ahí. Sin embargo, nunca los había visto y probablemente nunca los vería. El Defe es una ciudad de anónimos hasta que no se demuestra lo contrario.

Aquella mañana, dos gatos haciendo el amor y el abuelo en la cocina fabricando jugos de naranja mientras cantaba *La Adelita* me habían adelantado la despertada. Entré a la vida de un humor matarratas, con dos horas de sueño a mis espaldas y la historia de los manosverdes por delante; eso, si no quería seguir cortando cables al infinito. Por eso agradecí a los pintores de las bardas rosa un nuevo mensaje: «Optimistas ellos, que creen que esta mierda es para siempre.»

La esposa del ciclista tenía los ojos hinchados de llorar y no pensaba que su marido era, fue, o había sido, un pendejo. Pensaba que su marido era un difunto a toda madre y que había sido campeón panamericano de ciclismo, y que lo habían matado otros. No un accidente, no la casualidad.

Y además pensaba que los periodistas siempre habían maltratado a Odilón, y no le habían querido reconocer sus triunfos, y le habían amargado la vida. Y pensaba que toda la culpa era del primo Luis, que ese sí era un miserable y un hijo de la rechingada, que no había llegado a tiempo a su boda y que los hacía menos.

Odilón apareció muerto a unos kilómetros de la salida del Defe, sobre la carretera vieja a Cuernavaca. Al pie de su bicicleta y con un tiro de calibre 38 en la sien. Tres días después que su primo. Solitario.

—¿Y seguía entrenando?

—Más por costumbre que por competencia, señorita, él ya se había retirado, pero le gustaba la bicicleta.

—Y ahora, ¿en qué trabajaba?

—Era coordinador de rutas del Servicio de Seguridad Panamericano.

Me tintineó el plumón sobre el papel. Los panamericanos movían al mes varias decenas de miles de millones de pesos en servicios interbancarios y en retiradas de depósitos de grandes almacenes. Pero esto nadie lo había mencionado. En los recortes reunidos en la oficina, Odilón aparecía como ex ganador de la Vuelta a México y para de contar. Lo que es la pinche gloria...

—¿Se veía seguido con su primo Luis?

—Pues últimamente, señorita. Porque pasaron varios años sin verse por un enojo que tuvieron, pero en los meses estos últimos, Luis lo invitaba a comer al restaurante. A él nada más, no a la familia.

—¿Y las manos pintadas de verde?

—Sería de la bicicleta, ¿no? Siempre la quería con los colores nacionales, para recordarse de la vuelta ciclista que ganó.

Un restaurantero que quería volverse rico. Dos amigos suyos que bebían tequila en la noche en que lo mataron. Un primo difunto que era coordinador de rutas del Servicio Panamericano. Asesinados con pistolas de dos calibres diferentes. La suma estaba sencilla. Lo que la estropeaba era que no había habido asaltos a camionetas del Panamericano en los meses anteriores, que no las hubo en las dos semanas posteriores a los asesinatos. Y lo que acababa de estropear la suma y la convertía en una multiplicación marciana eran las manos pintadas de verde.

¿Y ahora qué sigue, Olga, hija mía?

8

El tesoro de los cristeros

Mi abuelo me había pedido que le cambiara un cheque. De pendeja lo hice. Cuando lo llevé al banco me dijeron que esa cuenta estaba cancelada desde hacía unos ocho años. Volví a casa en la tarde, encabronadísima con el vejete, sólo para encontrármelo en plena fiesta con tres señoritas que, sin ánimo de calumniar, tenían apariencia de putas, quizá porque estaban medio encueradas bailando en la sala, y más me lo parecieron por las marcas exóticas de ropa interior que usaban.

En mi tocadiscos había aparecido un nuevo long play de Lalo Rodríguez y por las bocinas se escuchaba (yo y todo Mixcoac) la recatada letra de *Devórame otra vez*.

—Vengo a rechingarme el tesoro de los cristeros —me declaró el abue Inocencio tartajeando, porque estaba absolutamente pedo—. Chance ni me lo quedo. Cualquier cosa, a lo mejor lo quemo. Todo antes de que dejar que se lo lleven los pinches priistas. ¿A qué coño crees que vino el papa, pendeja? ¿De puras pinches vacaciones? ¿A hacérsela buena a Juan Diego? Ni madres. Vino a negociar con el gobierno la entrega del tesoro de los cristeros.

Acomodé al viejito contra la puerta del refri. Se me olvidó que me había bailado cincuenta mil pesos y le perdoné que me hubiese invadido la casa de pirujas. Me encantaba la historia. Un abuelito loco y anticlerical, la buena onda.

—Diga, abue, cuente. Soy creyente.

—¿De los del papa?

—No, abue, de las historias estas. Yo soy ateísima.

—Ah, bueno… Menos mal… No, pues el papa vino a negociar. Esa gira que hizo por Aguascalientes me puso en guardia m'hija. ¿Qué papa en su sano juicio va a perderse en Aguascalientes? O sea, ¿qué se le perdió en Aguascalientes a un papa? ¿no? Fue a negociar. Dando y dando. Yo te doy las pistas y tú me das al nuncio Vaticano reconocidito y en el Palacio de Iturbide. No les dio el tesoro, nomás las pistas. Pendejo no es. Además, se las dio todas embrolladas, en lenguaje de cura, en latín y con el verbo sinuoso, porque así son estos sotaneros, no dan claro ni la hora.

—Y usted, ¿cómo sabe eso? —pregunté mientras movía al viejo tantito para hacerme un sándwich de chorizo con queso.

—Hágame uno a mí también.

—¿Con mayonesa?

—Con todo, porque estoy bien pedo.

—¿Y cómo sabe lo del tesoro de los cristeros?

—Yo estaba ahí. Disfrazado del cura Melchor.

—¿Melchor, el que hizo la catedral de Puebla? —pregunté para que viera que a su nieta no la iba a poder alburear.

—No, del cura Melchor Ocampo. Yo era un cura que no era cura. Liberal hasta la muerte, enemigo de los chupacirios y la mochería, enemigo de los diezmos, los conventos de clausura y el oscurantismo en general. ¡Viva Juárez, cabrones! —gritó. Un par de putas se asomaron a la cocina. Las despedí con un gesto.

—¡Qué a toda madre el viejito! —dijo una cuando salía. Iba vestida tan sólo con unos calzoncillos largos, probablemente del viejo. Mi abue le sonrió y se sacudió cariñosamente la bragueta, apuntándola.

—¿Y dónde estaba usted cuando se hicieron esas negociaciones?

—En la reunión esa, ¿no le digo?

—A ver, vamos a volver a empezar: el papa vino a México a negociar la devolución del tesoro de los cristeros. Hubo una reunión en Aguascalientes con el gobierno. Usted estaba ahí. ¿Así es la cosa?

—Bueno, que fuera el tesoro de los cristeros no lo tengo seguro, pero lo supongo… De que era un tesoro, era un tesoro. Si no era el de los cristeros, era el de la iglesia de la Inmaculada que les chingó Juárez en el 61. Peor tantito. Eso tengo que pensarlo…

—¿Y la reunión?

—No, en la reunión sí estaba, disfrazado de carmelita descalzo. ¿Sabes que esos güeyes ya usan zapatos? Alpargatas, casi todos alpargatas, porque son curas gachupines. Yo me había infiltrado a la reunión gracias a que los pendejos me vieron bien ruco, edad de cura, y me les colé a los agentes secretos de Gobernación y a los más secretos de la Curia. A mí el Vaticano me la pela. Me envolví en las cortinas y escuché parte de las conversaciones secretas. No hablan como los demás, cuando hablan sin secreto dicen puras mamadas. Cuando hablan en serio, las pláticas son o secretas o supersecretas; en las secretas es cuando cuentan cosas, en las supersecretas nomás se lanzan fintas, para engañarse unos a otros. Tienen conversaciones con interpuesto delegado, o sea que no hablan así como tú y yo sino que cada uno manda a otro pendejo por delante y esos hablan como si fuéramos nosotros.

—¿En latín? ¿Hablaban en latín? —pregunté fascinada.

—¿Cómo crees?, babosa. ¿Tú has visto alguien de Gobernación que hable latín? Hablaban como norteños, como de Chihuahua, como narcos sonorenses. Y ese idioma sí lo entiendo. El latín también… —dijo perdiendo el hilo nuevamente.

—¿Y entonces?

—No, pues que los interpuestos estaban hable y hable. Dizque hablaban del menú de la comida del santísimo padre, pero en el fondo era una pinche manera sinuosa de negociar lo del tesoro: chiles rellenos, significaba Puebla, m'hija. Y pasteles de la vasca, significaba más de cien mil dólares.

—¿Y dónde está la relación entre uno y otro?

Se quedó en pausa de nuevo, dudando.

—No me acuerdo, pero yo la tenía muy clara cuando estudié el asunto. Además, luego hablé con el papa y él me lo confirmó. Me dijo: «Hermano Inocencio…», porque yo se la dejé ir gacho con la mentira de que era franciscano, que hermano zopilote, que hermano ratoncito, que hermana hormiguita, que hermano nopal… de esos, ¿no? Y me dijo: «Hermano Inocencio, io sonno cui per lo del tisoro, mano. ¿Qui ti credeves que iba yo a pirderme en pinchi pueblo di Aguscalientis? Nienti, nienti, güey.»

—¿Así te lo dijo? —pregunté azorada imaginándome al papa hablando como Libertad Lamarque.

—Así mero. Y luego hablé con el de la Secretaría de Gobernación y ese me dijo que: «Il papa sir… ojetois, perque no li vamus a darli il tesoro a lo pendeji. No tan jodidus estamus.»

—¿También los de Gobernación hablan en latín?

—Sólo cuando platican con religiosos, como yo. ¿No te dije que estaba disfrazado de carmelita? Traía sotana, que me la hice de unas cortinas del hotel Holiday Inn y con todo y cordón, y luego unas alpargatas.

Se deslizó lentamente, resbalando por la estructura del refri hasta llegar al suelo. Desde allí me sonrió.

—¿Y entonces qué pasó, abue?

—Lo peor fue un priista que trató de carnearme, pero lo engañé yo a él, y terminó regalándome una caja de condones con el logo del partido. No los voy a usar nunca, me moriría de vergüenza.

—¡Ya vente, Inocencio, vamos a cogeeer! —corearon las pirujas del cuarto de al lado. El abue trató de gatear hacia la sala, pero lo detuve poniéndole un pie en el lomo. A mí no me dejaba a mitad de una historia, y menos para irse de putas con mi dinero.

—¿Y entonces?

—Entonces, peonces —dijo.

—El tesoro, abue.

—Yo le dije al papa: «El tesoro nun ye de los cristerus, ye de la mía tierrina, güey.»

—Pero eso no es latín.

—No, es que me distraje y se lo dije en asturiano, que es otro idioma que yo aprendí de chico…

9

Amores que matan

Estás guapa, guapita, guapérrima, guaputa, guaperosa, guaimpresentable, guapaza, guanísima, guapilla, guastrosa, guapísima, me digo al espejo, enemigo de todas las mañanas. Tratando de que las ojeras se escondan de pudor ante lo que ven. Pero las ojeras no se van; como que se ponen contentas, relucen, me dicen que así va el rollo y que si me pasa, a toda madre, y que si no, me puedo ir mucho a rechingar a mi difunta madre, que ellas ahí se quedan, no van a cambiar.

Hay mañanas y hay mañanas, y hay ojeras y ojeras. Éstas son de pocamadre, violáceas, anchas, de desvelón infame. Bien, pendeja, no dormiste, ¿qué esperabas? ¿que se iniciara la jornada a tocadas de trompeta?

Sentada ante el espejo, Olga, me miro el pelo, tomo el cepillo y digo: «Treinta veces con la derecha, treinta con la izquierda, treinta cepillazos suaves metiendo bien las cerdas en la melena para un lado y con una mano, treinta con la otra». Eso digo, pero le doy dos cepillazos, uno de cada lado, y a la goma, porque soy ahorradora, ¿y quién tiene el chingado tiempo de estarse dando treinta veces de cada lado desde que se inventó el control remoto en la televisión? Y me lanzo a la calle. A tomar la ciudad por asalto o a morir en el intento; a morir de pie, porque ni soy macha ni soy mucha, pero ahí la llevo.

«Me llamo Olga Lavanderos, soy periodista, tengo veintitrés años y nunca votaré por el PRI». Me declaro al espejo, siguiendo la norma del maestro Monsiváis, y ya de salida. Me siento más tranquila. Siempre aliviana el autorreconocimiento, sobre todo si una se descubre valores, aunque sean sencillos... un plantío de lirios en el vertedero de basura.

El abue estaba tirado a mitad de la sala, roncando, como acostumbra. Ronca en etapas, primero un silbido largo como de locomotora y luego desciende a un gruñido sordo. Tiene cara de buena persona, apacible, agradecido de la vida.

Lo contemplé con aire maternal. Malo, malo, Olguita, malo que te acostumbres a los cariños, porque en cuanto los quieres, se fugan, se pintan de la vida más rápido que Speedy González.

Turrubiates me arrojó una telefoto de Notimex sobre el escritorio y se alejó hablando solo. Yo contemplé el cuerpo de una mujer joven con un cable eléctrico alrededor del cuello, los ojos muy abiertos, la boca torcida en un grito que no había acabado de salir y las palmas de las manos. La columna vertebral se me fue llenando de hielitos, la vida de miedos.

—Un día más, m'hija, a ver si encuentras algo —me dijo apareciendo de nuevo en la puerta del cuarto de los teletipos.

Dos llamadas telefónicas después y unos acelerones en la motocicleta y yo estaba contemplando el original de la foto en una plancha del departamento forense. No había duda.

Era la misma mujer, muerta en realidad enfrente de una, y las manos estaban pintadas de verde. Ojos sin brillo, saltones, opacos, ojos de difunta aterrorizada. Daba miedo la muerte.

—¿Qué? ¿Estás llorando, Olguita? —preguntó el Mariano, asistente del encargado de la morgue del Defe. Buen tipo, enviado al destierro de los difuntos para haberles hecho una huelga en el Hospital General.

—Na', el pinche smog, güey.

—Antes de que me lo preguntes: se llamaba Cecilia Isabel Zendejas, hace un par de meses tuvo un aborto. Su última comida fueron un par de tortas, si quieres te digo de qué fueron. Te lo digo de todas maneras: una torta de carnitas y otra cubana. Dice en el informe de la poli que era la dueña de una fábrica de ropa interior de mujer, allí por Mixcoac, cerca de tu casa. La mataron anoche. A medianoche. Encontraron el cadáver en la puerta de su casa. No dicen nada del marido, ni de hijos, o sea que me sospecho que era una soltera. Pinche soltera, sin agraviar a las presentes.

Dejé de lado la ofensa.

—¿Cuántos años le calculas?

—¿Veinticinco?, ¿veintiocho? Menos de treinta. La estrangularon con un cable de teléfono, de ese muy fino; fue rápido.

—¿Nada más?

—Nada más… Ya viste las marcas, ¿no? Y la pintura de las manos… La misma que los otros güeyes.

—Sí, ya vi.

—¿Me prestas una foto y de una vez las fotos de los otros dos muertos?

—¿Qué? ¿Andas coleccionando fotos de muertitos, como estampitas, como las de beisbolistas que salen en los chicles?

—Algo hay de eso.

10

La presencia de Ito-Ito

Me imaginaba al personaje de mi novela. Con bigote villista, vestido con pants y sudadera azul marino con siluetas en blanco de la ciudad de San Francisco sobre el pecho; encerrado en una casa de techos altos en la colonia Roma, bebiendo vino blanco del Rhin que había comprado en una oferta en la tienda de abarrotes-vinatería, donde lo habían vilmente engañado. Cuarenta años pasados. Jodido por inteligente, dándose cuenta de que se había jodido, el síndrome Zavalita, de quien se ha encerrado en el ghetto de la clase media y le está perdiendo el pulso al país. No tiene ni puta idea de lo que está pasando en el barrio, se pierde, siente que se ha embobecido. Siente que la ciudad se está poblando de otros diferentes a él que, sin ser enemigos, le son absolutamente desconocidos. Llora por las pasiones perdidas, las propias y las ajenas.

¡Ah, cómo lo quería a mi pobre personaje! Pero no me servía de personaje, porque no lo entendía, y por eso la novela no iba para atrás ni para adelante. Básicamente porque por más que yo lo quisiera, no era un hombre de acción, era un contador de historias. Y yo con esos culeros, no hago novelas, hago telenovelas o figuritas recortables, o libros de memorias lacrimosas, o cómics del pato Donald, pero no puedo hacer novelas.

Le busqué algún lado positivo a mi personaje y apenas tenía para empezar. Lo mejor eran sus sueños antiintelectuales; sus sueños incumplidos de ser, de haber sido un luchador de lucha libre. Enmascarado y con chamarra y máscara de mezclilla. Y tenía el suficiente sentido del humor para imaginarse con un nombre de guerra como el Ito-Ito (el Maldito Gordito), as de las australianas. El único luchador de lucha libre que citaría poemas de Mao Tse Tung sobre el ring y entre round y round tocaría el saxofón. Él sabía que era un pésimo personaje de novela y por eso se imaginaba saludando a la plebe rabiosa en el coliseo, bromeando con la vida, malviviendo sueños proletarios suyos y de otros.

¡Cómo lo quería a mi viejo sesentayochero! Pero estaba claro en que con las pocas luces de ésta, su servidora, que a duras penas eran candil de barrio y luz de luciérnaga, batilámpara sin pilas, no daba para hacer una novela con él. De manera que me dediqué a otra cosa. Por ejemplo, a seguir la ruta de las manos pintadas de verde.

La fábrica de ropa interior resultó de brasieres y el poli de la entrada me miró gacho, quizá porque aunque me supuso vecina del barrio me descubrió como no usuaria de esas prendas íntimas. Yo no corría peligro de que se me cayera la pechuga a ninguna parte.

Una se imagina las fábricas de brasieres de manera exótica. Multitud de mujeres con la pechuga al aire probándose brasieres de copa C, encajes y firulines flotando por los aires, descendiendo por líneas continuas hasta telares repletos de mecates. Nada más lejos de la realidad, honestas obreras mexicanas atribuladas por los ritmos, suelos resbalosos por las filtraciones de agua, máquinas pequeñas, pocas tallas del cinco.

Si una parte de mi destino eran los administradores carentes de patrón o de santo patrono en su defecto, como la esposa de Luis, ahora me tocaba uno nuevo; la Escuela de Comercio y Administración debería estarlos escupiendo en cantidades inconmensurables, licenciados en administración de empresas, contadores, administradores de lo privado y lo público; parecía ser el precio que la modernidad tenía que pagar en nuestro país. ¿No era mejor antes con médicos, ingenieros y licenciados en derecho y sólo unos cuantos filósofos como ovejitas negras de la educación superior? Éste pensaba que la muerte de Cecilia Isabel, la «señorita», era una reverenda injusticia, una cabronada más de la vida.

—Ahora que apenas se estaba levantando la fábrica, después de tantos sacrificios. Y ella que le había echado tantas ganas.

—¿Sabe usted algo de los otros Zendejas?

—¿Los otros?

—Los otros, los muertos, los que también tenían las manos pintadas de verde.

La cara pasmada del administrador me sorprendió. Tuve que resumirle la historia de Luis y de Odilón.

—¿Y eran parientes? Yo la verdad, no sabía… Y eso que yo trabajaba íntimamente con la señorita Zendejas desde que se hizo cargo de la fábrica, desde hace seis meses. Desde siempre —dijo mientras anotaba un teléfono en un folleto publicitario de Brasieres Ilusión—. Cuando se murió su papá, ella se hizo cargo de esta fábrica, porque a la señora, la viuda, le valían los negocios, hasta se fue de México, a su tierra, a Viena, de donde dicen que son esos pasteles tan buenos…

Así no se podía investigar en serio.

11

Lanceros de Bengala

—¿Sabes por qué les dicen Lanceros de Bengala? Porque en una mano traen la lanza y en otra van encendiendo lucecitas de esas, que echan chispas; pa' que los vean de lejos. Una lanza grandota con un banderín del Atlante colgando y unas bengalas de pelos. Se le hace a uno el culo chiquito cuando los ve cargando a la distancia, van gritando puras pendejadas en inglés, la lengua de Shakespeare. Lo más normalito que dicen es: «Si te agarro, te ensarto, güey». Son mortíferos esos putos culeros —dijo el abuelo.

No podía ser, se había emborrachado de nuevo. En el suelo dos botellas vacías de tequila Herradura. Chupaba como recluso el viejito.

En el refri quedaba sólo una cerveza, la de la vergüenza, me la llevé al teléfono. Fingiéndome secretaria de Turrubiates me conecté con alguien de la oficina del comandante Perea, de la Judicial del Defe. No, no sabían nada de los muertos de las manos de verde. No, no estaban seguros de si eran parientes. No, no era molestia, nomás que dejáramos de chingarlos, que si pensábamos los periodistas que estaban allí para dar información.

No, a esas horas estaba cerrada la oficina de información y de todas maneras no daban nada en esa pinche oficina. No, si el señor Turrubiates tenía interés, que averiguara con la Virgen de Guadalupe que ella es la santa patrona de México y lo sabe todo.

De cualquier manera, era el policía más amable que hubiera escuchado en mi larga carrera de periodista de la nota roja.

—Abue, usted que lo sabe todo, ¿por qué les pintan las manos de verde a la gente para matarla?

—Es el clero, Olguita. El verde, como bien se sabe, es el color de la religión, así lo dijo Iturbide cuando hizo la bandera trigarante. Es el color de los mochos, que en la guerra de Reforma usaban chacó y paño verde en los uniformes.

Mentía, claro, Iturbide había dicho bien clarito, a todo el que lo quería escuchar, que el blanco en la bandera era el color de la religión. El verde era el color de los nopales y de las boinas del uniforme de las niñas del Margarita de Escocia, había dicho también. Total, si íbamos a citar a Iturbide…

Me hizo el gesto de «espéreme tantito» con los dedos y se fue a vomitar. Este abuelo era demasiado, en su negro pasado se le habían cruzado de santos patrones Voltaire y el vampiro de la Bacardí.

—…'mo venganza, ¿no? —reanudó mientras se secaba la boca con un paliacate verde—. Así señalan a la comunidad racional que ha sido un acto de fe la matanza. Yo creo, ¿no? A ver, cuénteme más. ¿De dónde salieron esos muertos?

—Uno era ciclista y el otro propietario de un restaurante italiano, y eran primos, abue. Y ahora hay una tercera, dueña de una fábrica de brasieres y hasta ahora no he logrado adivinar si era pariente de los anteriores. Los tres se apellidaban Zendejas.

—¿Pendejas?

—Zendejas.

—¿Alguna relación con Aguascalientes?

—Ninguna que yo sepa.

—¿Eran caballeros de Colón? ¿Niños del Santo Sagrario? ¿Opus Dei? ¿Pertenecían a alguna orden confesional? ¿Veteranos de algo?

—Del brandy nada más, abuelo. Tengo entendido que eran bastante borrachos —mentí alegremente calumniando a los difuntos—, como alguno de los presentes, sin ánimo de ofender.

—Déjeme considerarlo —dijo y se fue a vomitar de nuevo.

Escuché el teléfono a lo lejos mientras miraba las luces de Mixcoac y Tacubaya desde la ventana. Me gustaba la ciudad, chance porque no la entendía, ¿si la entendiera dejaría de gustarme?

—Te habla un tal Morales —informó el abuelo que venía del baño comiéndose una tuna y con el teléfono en la mano arrastrando el cable. ¿De dónde las sacaba?

—¿La periodista Olga? —preguntó la voz del muchacho de la morgue llamado Mariano, que tenía abundantes barros, destripaba sin pasiones y parecía buena persona—. No me lo preguntaste, pero como me dijeron que no lo comentara a nadie, a lo mejor te interesa...

—¿Qué cosa?

—No es pintura, es tinta.

—¿El qué?

—Lo de las manos. No es pintura, es tinta verde de imprenta.

—¿Y luego?

—No, pues sepa. Tinta indeleble, por eso no se la pueden quitar y se van a la tumba con ella...

—¿Tinta indeleble verde?

—Eso.

—Tinta indeleble... —dijo el abuelo que pasaba al lado del teléfono secándose la cara con mi mejor toalla y dejándola embarrada de semillas de tuna y babas. Yo asentí sin soltar el teléfono.

—¿Vamos al cine hoy? —preguntó el morguero.

—Imposible, estoy cuidando a mi abuelo.

—Qué pinche excusa más pendeja —dijo colgando.

El abuelo me miraba fijamente. A veces tenía una forma de ver acuosa, llena de sentimientos, conmovedora, el muy hijo de la rechingada.

—¿Me estás cuidando, Olguita? Y yo que creí que te estaba cuidando a ti. He dejado botadas tantas cosas en mi vida que yo quería... Que hasta gusto me daba.

Me abrazó el abuelo y nos quedamos quietecitos viendo la ciudad desde arriba, las luces de las casas y los neones, los semáforos y los faros de los automóviles en el Periférico.

12

Un pañuelo de Fierromamas

Éstos eran tiempo inciertos. Nada era sencillo. A fuerza de tanto cinismo, ya ni en el cinismo se creía. Pero lo peor es que el cinismo era un pinche recurso defensivo de pobres de alma y desvalidos de temperamento. A fuerza de justificarnos en el caos, lo necesitábamos para sobrevivir. Tanto nos habíamos quejado de no tener ilusiones que teníamos esa ilusión, la de ser los hombres y las mujeres de la frontera cósmica más allá de las ilusiones. A fuerza de presumir de duros, nos habíamos vuelto cínicos y a escondidas tristes. A fuerza de decir que no nos gustaban las muñecas ni los cochecitos de carreras, habíamos dejado de jugar. Vaya mierda de tiempos.

Pero vaya mierda nosotros, más que los tiempos. Leí a Sartre a los quince cuando nadie lo leía ya, quizá por eso. Y después de leer y leer algo me quedó claro, no sé si sería lo que el viejo había querido contarme o lo que yo le inventaba. Leí que, aunque sólo quedara uno que creyera, bastaba para salvar a todos. Pinche manía de redentora de quince años. Era un argumento buenísimo para volverme monja en tierra de paludismo o enfermera de leprosos en África, pero también, y por qué no y sobre todo, periodista en el Defe.

Mi generación fue un desastre. Nos cogimos unos a otros hasta que el sexo se volvió aburrido; pasamos de largo del amor y él pasó de nosotros. Llegamos tarde al 68 y cuando lo descubrimos hacía diez años que habían pasado por Reforma las manifestaciones tumultuarias. Fuimos macrobióticos, simbióticos, semióticos, bobalitóticos, cinéfilos, teleadictos, campeones de yoyo, imitadores de Madonna y de san Martín de Porres, elitosos, elitrosos Gay Lussac, culteranos, antihigiénicos, leídos y escribidos, cínicos, hedonistas, donistas (de dona), científicos, pedorreros, ineficaces, racionalistas y, cuando llegó la crisis económica del 83, jugadores de lotería, melate y lectores de horóscopos... Yo, por llevar la pinche contraria, permanecí fiel a la virginidad y al amor romántico. Culpa de Byron. Otra lecturita que me jodió la vida. Alguien debería encarcelar a las irresponsables que leen a Goethe, Sartre, Bakunin y Byron a los quince; alguien con sentido común debería esconderles los libros hasta que cumplieran diecisiete...

En la agencia, el personal estaba medio nervioso, venía un jefe de Italia a supervisar las cuentas y el muy pendejo y con nombre extraño, un tal Pino Cacucci, por muy de Bolonia que fuera, se iba a dar cuenta que no se podían gastar en ese changarro doscientos mil pesos en donas de chocolate al mes. De manera que Turrubiates ni caso hizo de mi historia de la tinta verde. Le valía madre que fueran crayolas disueltas en thíner, pintura de automóvil o tinta indeleble verde. «¿Y eso para qué sirve, qué hacen con eso?», me preguntó de repente en un momento de genialidad y luego sin esperar respuesta se volteó a seguir su interminable discusión con el contador de la empresa, que es con el que ajustaba las transas. Yo me estaba volviendo idiota. ¿Cómo no se lo había preguntado nadie? Reparé el error con tres telefonazos a impresores, varios sacados de la sección amarilla de la guía. Y me enteré de lo que ya debería haber adivinado: que era tinta de impresión y que si les llevaba una muestra podrían identificarla. ¿Qué imprimían los primos Zendejas y la dueña de los Brasieres Ilusión?

—¿Necesitan de mis servicios? ¿O me puedo pirar a seguir la investigación? —le pregunté al Turrubiates con mirada de destripadora.

—Lárgate lejos de aquí, que no te vea el italiano, porque apareces en nómina con el doble de tu salario, aunque nada más cobres la mitad y como se entere el italiano nos funde y tú, como eres una moralista y una hocicona, seguro que se lo vas a decir, vas a rajar. Y no es que esto sea una transa sino que de ahí salen los viáticos —dijo el citado.

—Sí, chucha, cómo chingaos no —respondí refiriéndome a los viáticos.

Pero era una oportunidad.

Tomé un pesero y fui a dar a la casa de la viuda del ciclista Odilón para preguntarle si entre los escasos negocios de su finado había estado alguna vez una imprenta.

—¿Una qué?

—Una imprenta, donde hacen libros, donde imprimen cosas, de esas.

La mujer dudó. Por lo que ella sabía, su esposo, ni tarjetas de visita se había hecho imprimir. ¿Qué les iba a poner? ¿Ex campeón de la vuelta a México?

—Y una mujer, Cecilia Isabel, también de apellido Zendejas, ¿no era su pariente?

—¿Cómo no?, era su media hermana. Los dos eran hijos de Don Luis, pero ella era la reconocida y Odilón al que no querían. Pobre mi Odilón, siempre dejado de la mano de Dios —dijo la mujer y se soltó llorando.

No la pude sacar de sus sollozos y opté por escaparme. Si algo me duele más que la pena propia, es la pena ajena.

La viuda de Luis Bravo Zendejas sentada tras la caja del restaurante se pintaba las uñas de color durazno. Dos parroquianos intercambiaban catálogos de maquinaria agrícola, una mujer de mundo leía *The News* y bebía agua tónica unas mesas más allá. De la cocina llegaba un sabroso olor a camarones al ajillo.

—¿Imprenta? Mi marido ni sabía escribir bien su nombre, señorita. De todos los negocios del mundo que hubiera tenido, y fíjese bien que los quería tener casi todos, el último hubiera sido una imprenta… Ahí donde se hacen libros, fuchi.

—Tenía una prima, Cecilia Isabel, de apellido Zendejas…

Los nombres provocaron en la mujer su primera reacción real. La rabia la volvió a hacer persona.

—Valiente hija de la chingada, ella y su padre. Ahí empezaron las desdichas de Luis. De ahí salieron sus traumas. Todos son hermanos, ¿ve? Hijos del mismo cabrón que fue su padre, el doctor Zendejas. Tuvo una con la austriaca, y uno con la sirvienta que fue el menso de Odilón, y otro con su prima Eloina, y luego puso a uno de sus achichincles a que se lo cuidara, y que le diera apellido, que fue el menso de Bravo, el papá de Luis, que todavía anda por ahí, presumiendo de viejo y de cornudo. Esos tres y quién sabe que otros más y los tuvo en un par de años, para que quedara claro que él mariposeaba de una casa para otra. Y Luisito siempre se quedó con la espina. A unos les tocaba y a otros no. Y siempre supo quién era su papá. Menso que se pasó toda la vida queriendo ser millonario para refregárselo en la cara a sus medio hermanos, y mensa yo por haberme casado con él...

Fui haciéndome a la historia y a sus tristezas mientras cruzaba por la Zona Rosa. Decidí quitármelas de encima comprando un paliacate, pero no cualquier mugre, uno bueno, de mercado sobre ruedas, un Morelos tradicional de algodón o uno de esos nuevos verdes y amarillos de Guerrero, o quizá uno de los de la nueva ola, gris y rojo, que había visto en Cuernavaca. El paliacate era una mancha de color al cuello. Una mancha mexicana en medio de tantas boutiques de mierda. Y era una forma de librarme del aroma del esmalte de uñas mezclado con los camarones al mojo de ajo. Entré en una boutique italiana que, para más castigo, tenía los precios en dólares.

—Quiero un paliacate, ¿de cuáles tienen?

El junior de pantalones de cuero negro y un botón de la camisa de seda gris perla abrochado de menos, me miró de arriba para abajo y se tomó la paciencia de explicarme.

—No, mira, en esta tienda sólo diseño, ¿ves? Nada de folk. El folk no está de moda, niña. Ahora se llevan las marcas, ¿ves? Importada la ropa, ¿veeés?

—¿De que marcas? ¿Italianas, no? Veoooo. Y de seguro no habrá paliacates en Italia, y si los hay serán argelinos o marroquíes. Y las marcas italianas: ¿Chichi? ¿Fierromamas? ¿Pistolini? ¿Putuchi? ¿Sobadini?

El tipo me miró con desprecio y estuve a punto de sorrajarle un cascazo en mitad de la jeta para que se educara y diera trato democrático a las clientes.

—Ya ni quiero el paliacate, güey —dije de despedida.

Media hora de motocicleta más tarde y tras haber evitado que un Ruta 100 me embarrara contra un puesto de gladiolos cerca de Chapultepec, el administrador de la fábrica de brasieres me regaló todos los catálogos de la fábrica, me informó que no sabían nada de la muerta, ¡uy!, mucho menos del hermano de la muerta, y para rematar me dijo que la señorita era la que se hacía cargo de enviar los catálogos a la imprenta.

Yo quería comprarme un paliacate, aunque sólo fuera para secarme las lágrimas de la pinche decepción.

13

El valor de la tinta indeleble

—Lo tengo todo cuadrado —dijo el abuelo, que sudaba copiosamente.

—¿De dónde vienes, abue?

—De la cueva de Bucareli, de seguirle los pasos al que se encargó de las negociaciones. Además he visto al secretario del nuncio, un puto de mucho cuidado que usa dos portafolios.

—No, eso da bastante desconfianza.

—No te burles, escuincla... Las investigaciones de hoy no han sido sólo provechosas, han sido aleccionadoras. Hacía mucho que no veía a tanto culero junto en una sola ciudad. Estuve con el modisto del cardenal, que me contó unos chismes cabrones, y también me dijo que en el verano el color de moda sería el bugambilia. Luego seguí al güey de los dos portafolios, que seguro estaban llenos de billetes, y que andaba repartiendo mordidas como rey mago, de aquí para allá.

—¿Y?

—¿Qué?

—¿Qué pasó luego?

—Que el del portafolio que repartía las mordidas fue

al Instituto de Geografía a comprar mapas geológicos de aquí mero de esta zona de la ciudad; luego repartió billete en la Delegación, y luego contrató una cuadrilla de excavadores, con cascos de luces, trascabos y de todo. Está clarísimo. ¿No has leído además las declaraciones de que la república mexicana va a reconocer al Vaticano y que la fiesta de quince años de la hija del presidente se va a hacer en Roma? Como de película de Orson, pero con curas.

¿Cómo sabía el abue de Orson Welles? Al rato me enteraba que había trabajado de extra en *Sed de mal*, acompañando en una cantina de Tijuana a Orson; también de doble de Buster Keaton y de auriga en *Ben Hur*, con Charlton Heston, que era su mero cuate...

—Los seguí hasta aquí a la vuelta. Creo que por ningún motivo tienes que vender este departamento. Aunque en nuestra familia nunca hemos tenido tanta suerte.

—¿Y los de Gobernación?

—Están muy ocupados torturando estudiantes o campesinos, hasta ahora no se han olido que estoy sobre la pista. De todas maneras ya tengo detectado al enlace, es un bizco que cecea; antes de ser funcionario fue fotógrafo de sociales de *El Universal*, un tipo de alta peligrosidad... Ese cuate es el jefe de los vende-patrias y seguro que ya anda pensando en quedarse con una mocha del tesoro.

—¿Y qué procede ahora en tus planes? ¿Seguro ya no vas a ir a Aguascalientes? —le pregunté al viejito, al que la historia y la concentración para narrarla le estaban haciendo que se le fuera un ojo.

—Si me consigues una cerveza, te cuento.

Mientras iba a quitarle el candado al refri, apareció Toñín arrastrando un oso de peluche al que le faltaba un ojo. El abuelo lo convenció de que lo que necesitaba el animal, llamado familiarmente Putín (por Rasputín), no era el ojo de vidrio (que ese era de Porfirio Cadena) sino una corbata de palmeras.

—Como de gringo, muchacho.

—¿Tú tenes de esas?

—Ni loco, yo soy gente seria, ni que fuera puto, chamaquín… Por cierto, Olga, que la tinta indeleble verde sirve para imprimir billetes de banco. Nomás para eso sirve.

La revelación hizo que me elevara en mi sillón, como si fuera personaje del *Tercer ojo*. Tardé bastante en descender.

14

Papelito verde, abuelito madreado

En la oficina no sabían nada de las relaciones entre México y el Vaticano, no tenían idea de que hubieran aparecido billetes falsos circulando en la ciudad y, por saber, no sabían ni en qué día de la semana estábamos ni cómo se llamaba el libro que más se había vendido en el país ese mes. El mejor lugar para obtener información es una agencia de prensa.

La inquietud y la tensión en el ambiente estaban gruesas, el italiano no tardaría en llegar a no ser que ya estuviera entre nosotros de incógnito, de tal manera que el habitual vendedor de lotería, un bolero y la hermana de Toño, el recepcionista, fueron vistos malignamente por Turrubiates.

Volví a mi hacendosa labor de cortacables y, en los ratos en que los teletipos y el fax no escupían pendejadas, me colgué del teléfono haciendo preguntas sin respuesta. Para distraerme revisé los testigos en el teletipo y estaba fascinada por un cable que narraba, en versión del Departamento de Relaciones Públicas del Sistema Colectivo de la Ciudad de México, el nacimiento del niño número veintidós en lo que iba del año en el interior del Metro.

La estación donde nacían niños con mayor frecuencia era la estación Hospital General, y la seguía la estación Pino Suárez. Por cierto que tres de los niños habían sido bautizados con el nombre de las estaciones que los vieron nacer, como un homenaje al sistema de transporte. ¡Qué chinga! Servando San Lázaro Pérez, Margarita Indios Verdes Covarrubias, Julián Centro Médico Martínez...

Entonces apareció Turrubiates portando el hilo negro: traía una notita de prensa arrugada, sostenida entre los dedos, como si estuviera contaminada.

—Mira nomás lo que encontré en el archivo. Lo que andabas preguntando —dejó a mi lado el papel con delicadeza. Un gesto.

Me dediqué al papelito de Turrubiates que contaba que el Departamento del Tesoro norteamericano había alertado sobre la aparición de billetes falsos de veinte dólares en México. La cámara de comercio gringa en el Defe había sido la primera en elevar señales de humo. La nota reseñaba que el asunto no era novedoso, que no era la primera vez en que aparecían billetes falsos al sur de los USA y que el Departamento del Tesoro había enviado a México una comisión para instruir en casas bancarias, de cambio y comerciales, sobre la manera de detectar los billetes chuecos. La nota estaba fechada en el pasado diciembre. Alguien había estado haciendo regalos de navidad con papelitos verdes de a potis.

¿Falsificadores de dólares? ¿El ciclista Odilón, la brasierosa Cecilia Isabel, el frustrado restaurantero Luis? No mames, Olguita, ni tú te lo crees. Vaya banda. Ni creyéndolo me lo acaba de creer. Algo no cuajaba por ahí. Algo no cuadraba. ¿Esos tres forrados de billetes de a veinte dólares? Naranjas.

Decidí enfocarle las baterías a la Cecilia y huí de la oficina, donde se seguía esperando sin esperarlo al italiano que venía del frío y donde el ambiente de caos me empezaba a poner desasosegada. No hay nada peor que unos mediocres ensayando que son eficientes ante inexistentes espectadores, desprenden un olor a oficina gubernamental que me altera los nervios.

Antes de volverme operativa me detuve a cumplir con la hora de la comida en una tortería enfrente del súper. El changarro estaba casi vacío, tan sólo dos aburridos oficinistas consumidores, de esos que le quitan el jitomate a las tortas y escupen despectivos el cilantro, y una muchacha que me daba la espalda mientras cocinaba en el fogón y acompañaba por lo bajito una nefasta rola de Los Temerarios que salía de la rocola. Pedí una torta cubana. Mi hermana de cicatrices se dio la vuelta. Nos reconocimos, era la mamá de Pancho Villa II. Ya no me miró con la arrogancia de la vez anterior, ahora estaba en su territorio.

—¿Y el niño?

Señaló hacia una cortina en movimiento por la que en esos momentos aparecía el Pancho Villa II. El tipo mini me miró fijamente y luego se echó unos pasos de baile norteño, sobre los tenis que yo le había regalado, haciendo eco de la rola que cantaba su mamá. La melenita de mohicano le había crecido.

Le tendí la mano a la madre.

—Me llamo Olga.

—Yo soy Laura —dijo reteniendo la mía más de lo necesario, verificando que ahí estaban también las cicatrices.

Y quizá fuera el olor, quizá la sabiduría, que iluminada me dije: «Tortas en el estómago de Cecilia Isabel». Saqué de mi morral la foto de la muerta.

—¿La conociste? —pregunté enseñándole la foto con una mano y mi credencial de periodista con la otra. Una credencial que ni siquiera daba derecho a descuento en tiendas Conasupo, pero que resultaba innecesaria.

—Reteharto, ¿qué te tomas? Era la dueña de la fábrica de brasieres de aquí a la vuelta. Que la mataron ayer, ¿verdad? Eso me dijeron, pero no me había imaginado que tan feo.

Opté por un Pato Pascual de fresa, porque lo producían en una aguerrida cooperativa cuya fundación había costado dos muertos, en este país de mierda donde hasta respirar democráticamente cuesta un riñón.

—¿Y no sabes si ella conocía a alguno de estos dos? ¿Los has visto con ella?

Saqué fotos del ciclista Odilón y del restaurantero Luis. La muchacha negó enfáticamente moviendo la cabeza de un lado a otro muy despacio.

—Uy, tú traes fotos de puros difuntos.

—¿Cuándo la viste a ella por última vez?

—Comió aquí ayer, no, espera, anteayer. Comió unas tortas. Venía seguido. Era medio callada.

—¿Y la veías sola o con alguien más?

—Venía con uno medio arrastrado, medio mamila, debía ser su achichincle en la fábrica, porque siempre hablaban de negocios.

—¿Y el martes?

—Vino sola… No, nanay. Llegó sola, pero luego la alcanzó un señor y se fueron juntos.

—¿Un señor?

—Un cuate, como de la misma edad, pero cegatón y con una cachucha. Blanco con ojeras, nariz grande.

El día de la muerte, dos horas antes del asesinato.

—¿A qué hora se fueron?

—Espérate, ya no había nadie aquí, debería ser tarde-zón, como a las cuatro. Luego se fueron en el carro de ella.

—¿Iban solos?

—No me fijé. Eso creo.

El minimohicano Villa estaba recogiendo colillas del suelo de la lonchería, por la mirada traviesa intuí que se las quería fumar. Traté de impedirlo. Ya éramos demasiados los viciosos en esta ciudad.

El abuelo no había llegado cuando me acosté ni lo hizo en el resto de la noche, supuse que se había ido de farra, pero de cualquier manera su ausencia me llenó la madrugada de pesadillas. Estaba despierta a las cinco de la mañana, tomándome un té de canela bastante insípido en la cocina, cuando sonó el timbre.

El abuelo Inocencio, con una amplia cortada en la ceja izquierda, un ojo amoratado y la parte superior de una sotana café desgarrada, me contemplaba con ojos acuosos, ojos de zapatista.

—¿Sabes por qué a los enanos ya no los contratan en los circos? Porque dicen que comen mucho, que tragan de a madres. Pero es una calumnia, lo que pasa es que no los quieren meter en el Seguro Social. Dicen que son de alto riesgo. Pura madre, son chaparritos por definición. ¿A dónde ha ido a parar este país? ¿Para eso hicimos la Revolución?

—¿Quién te dio en la madre, abue?

Lo hice pasar sosteniéndole el brazo, lo que lo ofendió profundamente, y se libró de mí casi con un empujón dirigiéndose hacia el baño.

—Una pinche emboscada. Ya no tengo los reflejos que tenía antes.

Comenzó a enjabonarse la cara. La cortada de la ceja seguía sangrando, un hilito que le llegaba a la barbilla, como de baba.

—¿Quiénes se lo chingaron, abue?

—La alianza entre la Curia y Gobernación. Ya me cacharon, he perdido mi cobertura…

Yo no sabía si reírme, ponerme a llorar o tratar de buscarle una última hora al sueño mañanero aunque llegara tarde a la oficina.

—¿A eso llama usted un piyama decente? —preguntó el abue mirándome fijamente. Los colores del rostro le variaban del negro cenizo al morado.

Es cierto. No era ni decente, ni piyama; era una pinche camiseta autografiada por Juan Manuel Serrat que tenía un hoyo en el sobaco, pero era mía. Me subió la calentura.

—Deje mi camiseta en paz, abue, y cuénteme lo que pasó o saco una llave de tuercas del clóset y le termino la madriza que otros comenzaron. Y yo no tengo piedad con los viejitos.

—Viejitos, mis tompiates.

—Esos también —dije, dispuesta a no hacer concesiones.

El viejo se dejó caer en el solitario sillón de la sala y se rindió. En algunas esquinas de su caparazón le pesaban los años.

—Si me da una cerveza, le cuento.

Le di un Pato de mango y el viejo estaba tan derrengado que ni se dio cuenta del trasvestazo y hasta se lo empujó saboreándolo mientras rememoraba su noche del árbol triste.

—Iba yo por Tacubaya, cerca de la embajada rusa, siguiéndolo, y el güey lanzaba furibundas miradas por encima del hombro. En medio de las sombras, una neblina cabrona...

—¿Había neblina en Tacubaya, abue?

—Como si la hubiese, a lo mejor era neblina del alma, de tanto pinche automóvil manejado por pendejo que pasa por ahí, saliendo del Circuito Interior... Y sigo: porque el tipo con la mano en el bolsillo del saco, como si llevara chequera, se dio la vuelta cruzando y entró en la iglesia pinche esa. Una iglesia de pecado doble, con curas y que alberga a un club veinticuatro horas de Alcohólicos Anónimos. Lo seguí, pero ya en la entrada se me ocurrió la ingrata idea de disfrazarme del enemigo y saqué de la mochila mi sotana, que tanto buen uso me ha dado en estos años. Pero, hijos de la rechingada y tuerta de su madre, ni la sotana me sirvió, ya me estaban esperando...

—Habrán sido los fieles que pensaron que usted se iba a chingar lo de los cepillos.

—¿Cuáles fieles? Ya no hay fieles, sólo hay negocios. Si me hubiera madreado una ancianita chupacirios, pase, pero me putiaron dos guaruras de Gobernación. Hija mía, se lo juro por mis santos laicos.

—¿Cuáles?

—San Melchor Ocampo, san Ignacio Ramírez, san Benito Juárez, san Leandro Valle, san González Ortega.

¿Iba en serio? Por si las dudas, observé atentamente la cortada sobre la ceja. El abue percibió mis desconfianzas y se levantó una camiseta de tirantes para mostrarme un rozón que sangraba y dos moretones que viraban del púrpura al negro.

—¿Y cómo se libró de ellos?

—Tuve la fortuna de atinarle a uno una patada en los

talayates y cuando se ladeó se lo empujé encima del otro. Puro churro, nada de puntería.

—¿Lo siguieron?

—Naranjas, me lancé sobre un pesero que me llevó a Coyoacán, a una cantina, cobrándome el doble, dizque porque le manché el tapizado de sangre.

—¿Y por qué no vino directamente?

—Porque usted es desafecta al alcohol y me tenía que curar el espanto —dijo el viejo y harto de darme explicaciones se dejó caer sobre el sillón y se quedó dormido.

Me miré atentamente en el espejo. Yo era normal, normalita. Hasta mis muertos eran míos, decentes, normales. ¿El Vaticano? ¿El tesoro de los cristeros? ¿Nos estábamos volviendo locos los mexicanos? ¿Demasiados años soportando un gobierno priista producían estas cosas?

Sonó el teléfono. Era mi amigo Jesús del Campo, un español que anda por México visitando todas las pirámides sin dejar pasar una y que de rato en rato traduce novelas policiacas de Ross Thomas, Donald Westlake y Martin Cruz Smith para una editorial en Gijón.

—¿En qué andas, chiquilla? ¿Vamos al cine? —dijo de entrada.

—Son las siete de la mañana, no seas mamón. Y además no puedo, mi buen. Tengo atorados unos muertos con las manos pintadas de verde. ¿Tienes media idea de quién se los echó?

—Serían los kurdos, los de Oviedo, los vegetarianos; yo qué sé —dijo Jesús que no suele inmutarse ante las locuras ajenas porque bastante tiene con las propias.

Me refugié en la cocina. Todo se cura abrazando el refrigerador. ¿De dónde salían los demonios? ¿De los treinta años en que mi abuelito había estado en el limbo?

Rumbo a la cama pensé en la descripción del asesino, o del casi asesino, del hombre que se había llevado a Cecilia Isabel aquella tarde: blanco, muy miope, con cachucha, nariz grande. También pensé que los esquimales deberían tener menos frío en el alma que los chilangos.

15

El remoto pasado

La ronda interminable me dejó aburrida, ni la viuda de Luis reconocía entre los amigos de chupe de su marido a alguien que correspondiera a la descripción del miope, ni la viuda de Odilón se daba por enterada, ni el administrador de Brasieres Ilusión lo ubicaba junto a Cecilia Isabel, y es más, que él supiera, Ceci solía comer en la tortería, y es más, ahora que yo se lo recordaba, había ido el día de su muerte a... pero sola, sin citas, sin compromisos. Y él ahora tenía que hacerse cargo del entierro, porque la mamá no pensaba regresar, estaba muy grande la señora, sus médicos le habían dicho que...

Decidí ampliar el círculo de las pesquisas. Si eran medio hermanos los tres muertos y esto nadie lo había dicho antes, si unos lo sabían y otros no, si todo se iniciaba en un industrial, maestro en infidelidades amatorias, la conexión estaba oculta en el pasado, no en las viudas de Luis Bravo Zendejas y de Odilón Zendejas sino en las madres de los muertos, en dos de ellas, al menos, porque no me daban los recursos para ir a Viena, lugar donde además podía ser peligroso viajar con pasaporte mexicano, dado que ahí tenían secuestrado un penacho de Moctezuma y debería haber una secta satánica de adoradores de Maximiliano.

La madre de Odilón vivía en la colonia Escandón, en un edificio de departamentos cuya fachada había quedado dañada por el temblor, y váyase a saber si algo más que la fachada. Era una mujer de unos cincuenta y cinco años y trabajaba como portera del edificio.

Tuve que dar más vueltas que pirinola para no herir susceptibilidades. No era lo mío andar escarbando con cuchillo en el pasado ajeno, que bastante jodido debería haber sido de por sí.

—¿Sus medio hermanos de Odilón? La señorita Cecilia y el otro, el de la señora que se casó luego con Bravo. Sí...

Me aceptó un cigarrillo.

—Están muertos, señora, los tres están muertos.

La mujer palideció, de alguna manera la muerte de otros le traía en bandeja la muerte de su único hijo. Todo estaba muy cerca, once días desde el asesinato de Odilón.

—Odilón era tan buena gente. Y él sabía de sus hermanos, pero así, como de lejos. Es más, a la señorita Cecilia, que era seis meses mayor que él, no la debe haber visto nunca, o quién sabe, porque yo me fui de la casa antes de que naciera Odilón, porque al principio don Luis me pagaba un cuarto de azotea aquí en esta misma colonia y pagó el hospital y me daba una lana para el niño, pero ya fuera yo de su casa.

—¿Y la madre de Cecilia?

—Se hacía la loca, como que no veía o no quería vernos. Sólo la vi enojarse una vez, ni siquiera cuando supo que yo estaba embarazada de Odiloncito o cuando su marido se fue al bautizo de Luis, que todo el mundo sabía que también era su hijo, no el hijo de Bravo, y que lo había tenido con una prima suya. Luis es el mayor, luego sigue Cecilia y luego Odilón, pero no más de un año entre uno y otro y el otro, entre los tres. El señor Zendejas era terrible, señorita. No le tenía respeto a nada. Y yo era muy mensa, y se me hace que su esposa, la austriaca, era más mensa, y su prima Eloina, la madre de Luis, más pendeja, con perdón, todavía... Si hasta creo que había otro hermano más.

—¿Otro? ¿Hijo de quién?

—De una de sus secretarias en los supercitos, porque tenía dos supermercados allí por la avenida Patriotismo, luego los vendió cuando pusieron la Comercial Mexicana, porque no eran negocio, pero le dieron buen dinero por el terreno, de ahí salió el colegio de Odilón, la primaria y la secundaria... no, y deben haber salido muchas cosas más...

Y sí, también había salido el colegio de Luis, la primaria, la secundaria y la universidad, porque Bravo sería muy cornudo, pero en el acuerdo, según dijo Eloina horas más tarde, estaba que le pagara la educación a su hijo, aunque otro le pusiera el nombre.

—Usted tiene que entenderlo. Luis Enrique Zendejas era un galán tremendo. La acosaba a una con flores y con promesas y con regalos, y además nosotros nos conocíamos desde niños, y seguro que nos hubiéramos casado, pero él se fue a un viaje a Europa después de terminar la carrera y regresó con la austriaca y eso para mí fue un desengaño tremendo, es más, durante meses ni le dirigí la palabra, ni siquiera en las reuniones familiares en las que nos veíamos, pero luego caí de nuevo.

Eloina también fumaba y bebía un gin and tonic con evidente estilo, probablemente era un poco mayor que doña Carmen, la mamá de Odilón, quizá la vida la había tratado mejor. Y sabía de la muerte de los tres medio hermanos.

—Después de lo de Luisito, yo quedé muy acongojada, aunque no es mi único hijo, tuve otros dos con Bravo, que por cierto me salieron más decentes y me visitan seguido, porque Luis, yo creo que porque sabía de dónde venía, siempre me lo estuvo cobrando, siempre me tenía una mala palabra, un regaño, y luego supe lo de Odilón, y ayer en el periódico vi lo de Cecilia. Hasta me preguntaba si nadie iba a sacar a relucir la historia, si nadie se iba a dar cuenta de que habían asesinado a los tres hermanos —la voz se entrecortó, la saliva se le cruzó en la garganta—. Pobre chamaca la Cecilia, yo no la volví a ver nunca, sólo de recién nacida, porque después de que me casé con Bravo, la condición de él fue que nunca más viera a Luis, y yo cumplí mi parte del compromiso.

—Y Luis Zendejas cumplió la suya...

—Cumplió. Pagó el colegio de nuestro hijo y...

La mujer se detuvo un momento. Y desapareció de la salita donde habíamos estado sentadas. El sol entraba por una esquina, entre cortinas. Toda esta historia era como oscura, sin luz, apagada. Oscura pero no tremenda. Media tragedia, no tragedia completa. La muerte de los medio hermanos, había herido en esquinas separadas, ajenas, en mundo alejados, conectados sólo por un muerto, el desaparecido Luis Enrique Zendejas.

—¿Y usted sabe si había un cuarto medio hermano, doña Eloina?

—En eso estoy, m'hija —contestó desde lejos mientras se la oía rebuscar en un cajón.

—Vea, es una foto de Luis con los niños, porque el cínico los hizo ir al mismo colegio y, ni modo, como él pagaba. Eso fue en la primaria; ya en la secundaria se fueron separando y creo que Odilón no pasó de allí. Luis sí, estudió en la universidad, y creo que la hija de él con la austriaca también llegó a la UNAM.

La foto mostraba a un hombre de traje y chaleco, alto, elegante, de no más de cuarenta años, con un fino bigote y un paraguas en la mano, me recordó una vieja película y a un actor que ya no veía en la tele hace tiempo, Mauricio Garcés; a su alrededor, en la puerta de una escuela, un grupo de niños, de seis, siete, ocho años, juntos pero aislados, cada uno en los suyo.

—Ésta es Cecilia y éste es Luis, y éste que está al lado del carrito de los chicharrones es Odilón, ¿a poco no se ve contento? Sin embargo, mi Luis tiene cara de amargado, siempre fue así… y este otro, el que está atrás, debería ser el otro medio hermano de ellos, el hijo de la secretaria, aunque eso no se lo puedo asegurar, porque a ella ni la conocí. Fue el último escándalo de Luis Enrique. Uno más, pobre, ni fue feliz con ninguna de nosotras, ni pudo criar a todos sus hijos, ni ellos pudieron vivir juntos, ni nada…

—¿Me puede prestar la foto por unos días, señora, es muy importante?

El cuarto escuincle tenía el pelo alborotado y la camisa del uniforme desfajada. Una mirada de bronca oculta por unos gruesos lentes. Era muy miope.

16

Entre el PTM y la locura

Yo era miembra de uno de los muchos partidos políticos que apoyaban la candidatura presidencial de Cárdenas, el PTM, el famoso Partido de los Tres Mosqueteros (un partido de una sola miembra, yo mera) y que confundía al personal con eso de los tres mosqueteros (tres), que como todo el mundo sabe, eran cuatro (cuatro), porque Dumas jefe, en una peda monumental, introdujo el desorden titulando incorrectamente la novela o metiendo al clerical de Aramis de contrabando.

La verdad es que yo compartía con Tin Tan la sabiduría profunda en materia de partidos políticos: un partido que contara con dos miembros pedía por naturaleza la escisión y, si tenía tres, en chinga ponerse dos de acuerdo para expulsar al tercero. Cuatro, eran multitud incontrolable que exigía a gritos ir a quemar Los Pinos. Muy peligroso aunque muy sano… Mejor de a una. Partido en que comité central y base solían estar permanentemente de acuerdo. La Pura Pinche Armonía. Armonía aunque no demasiada fuerza. Pero a pesar de la obligada debilidad de mi partido, estaba convencida de que tendría que abandonar mi anarquismo solitario y votar. En alguna esquina de esta sociedad que se pudría a velocidades eléctricas tenía que iniciarse el cambio.

La mañana no prometía y trepada en la moto iba enrumbada hacia la oficina queriendo no llegar. ¿A qué horas el primo Luis y el primo Odilón se habían reunido con la media hermana Cecilia Isabel? ¿Para tramar qué? ¿Y el niño de los lentes gruesos sería años después el hombre que había salido de la tortería con Cecilia, el asesino? El cuarto hermano… ¿Era una historia del pasado? ¿Había dejado envenenada su herencia el Zendejas original, padre de hijos aventados por el Defe? Los semáforos tenían más rojo que verde y al llegar a la avenida Revolución di un viraje en ciento ochenta provocando el infarto de un yuppie de ford que fumaba mentolados y bajé por Patriotismo hacia la Condesa, buscaba un parque. Algo me estaba molestando. La imagen del niño, el niño asesino. El asesino que yo veía a los nueve años, con la camisa de fuera y el ceño fruncido.

Terminé sentada en una banca del parque México. Aproveché para tomarme un raspado que seguro propagaría el cólera, pero estaba bien sabroso. Vivir con el abuelo comenzaba a desquiciarme. Muchos años sola, Olguita. ¿Y quién había dicho el abuelo que lo había querido secuestrar? ¿Qué tenía que ver el bizco fotógrafo? ¿De qué parte de su delirante historia había salido lo de los Alcohólicos Anónimos de Tacubaya? Volví a subirme en la motocicleta ¿Quién era el de los alcohólicos, el delegado del nuncio de los dos portafolios o el bizco de Gobernación?

En la oficina reinaba una sospechosa calma y hasta Luisito Reina, que era famoso por no haber trabajado más de una hora al día en los últimos diez años de su vida, se afanaba hacendoso ante su computadora, sin jugar con la engrapadora o meterse en la nariz un clip para sacarse los mocos cual era su habitual costumbre.

María Legazpi me hizo un gesto al salir del baño señalándose con dos dedos la frente, en un remedo de saludo militar, y luego la oficina de Turrubiates. El jefe. El italiano había llegado. La patronal milanesa está in situ. Ojo pelón, Olguita.

Me dirigí a mi escritorio tirando por el camino una silla y haciendo oscilar peligrosamente el garrafón del agua. Entonces se abrió la puerta y me vi enfrente del poder. Turrubiates dijo:

—Ésta es Olga Lavanderos, señor.

El italiano tenía cara de simpático, una barba rudimentaria, chamarra de cuero negro y nada de corbata; a su lado, Turrubiates, que producía risitas sin ton ni son, era un naco apostólico del funcionariado corrupto con trajecito, chalequito y corbatita.

El italiano me miró fijamente y dijo sonriendo:

—Mamacita, ¿dónde está Santaclós?

Lo contemplé desconcertada; añadí una mirada fiera a mi desconcierto, pero no lograba bajarle la sonrisa pendeja. Insistió:

—Si como lo meneas lo bates que bueno está el chocolate. Y además: mamacita, ¿dónde está Santaclós?

Lo miré devolviendo la sonrisa y contesté:

—En casa de tu rechingada madre, buscando niños pobres de espíritu, de preferencia italianos, que abundan.

—Estás despedida —dijo Turrubiates. El italiano me sonrió de nuevo. Parece que le había gustado la respuesta.

—Corrijo —respondí mientras la furia me crecía en el alma—. Santaclós está en casa de las rechingadas madres de ambos. Si es que ese enano de mierda tuvo madre alguna vez —rematé señalando a Turrubiates que, ante las chispas que me salían de los ojos, se achicó más aún.

—Te advierto, enano, y explícaselo a este güey, que pienso enviar un fax a Italia acusándolo de acoso sexual. A mí nadie me dice ese tipo de pendejadas.

Las plantas de las macetas pedían a gritos una regada, necesitaba urgentemente ponerme a lavar ropa a no ser que quisiera que mis calcetas empezaran a producir moho, tenía que poner comida de verdad dentro del refri, no podía seguir subsistiendo con tortugas de chocolate y latas de elote del gigante verde comidas a cucharadas. Tenía que buscar un nuevo empleo y en el polvo de la sala se podían escribir mensajes de amor y, sobre todo, tenía que tirar las botellas vacías. No hay nada tan deprimente como eso, miles de cascos de Victoria y cocas desechables que no desechaba y una fila como de soldaditos de botellas de ron Flor de caña. Con eso de las botellas retornó en la memoria los Alcohólicos Anónimos de Tacubaya.

Del abue, ni sus luces. En el sillón quedaba la huella de sus recientes babas, o sea que no hacía demasiado que se había levantado y huido por ahí en uno de sus delirios.

Toñín me proporcionó la clave.

—E fue a la 'glesia, Olguis.

—¿A la iglesia?

—A la 'glesia de los chupirules, 'ijo.

Nuestra señora de las Ánimas Perdidas está en la esquina de Tacubaya y una calle con nombre de uno de los muchos Niños Héroes, de esos que un día van a desaparecer de los libros de texto por haber tenido la osadía de enfrentarse a los gringos, por haber sido adolescentes y porque no les caía bien el ministro de Educación de su tiempo. Es una iglesia potente, rumbera, llena de piedra inútil, probablemente comprada con el oro de los ricos del barrio al inicio del porfiriato para pagar pecados y reparar que se anduvieran incestiando a sus hijas. A los pedos no los dejaban entrar por la entrada principal sino que los tenían arrinconaditos en una esquina de la iglesia que alguna vez fue almacén, pegadito a una tlapalería. El letrero luminoso decía que se atendía las 24 horas, como en la Cruz Roja. En la puerta, un cuate con pinta de zulú repartía estampitas a los paseantes con ofertas de solidaridad más allá de las nubes eternas del alcohol.

En la esquina, desafiando el ruido de los camiones, estaba un ciego cantando boleritos. Me acomodé en una palmera y dejé que me contara de nuevo el *Contigo aprendí* de Manzanero. El cantante y el repartidor de folletos de Alcohólicos Anónimos no parecían tener nada en común, más allá de las libidinosas miradas que dirigían a las minifalderas que salían de una escuela para secretarias. Los ciegos de ahora no son como los de antes.

Puse mi mejor cara de adolescente despistada, aprovechando que soy tragaños y que los pantalones vaqueros que traigo engañan a cualquiera, y le pregunté al repartidor de folletos si se podía pasar. Me miró gacho, como dudando que las adolescentes le pegáramos al Habana Libre hasta el delirium tremens, pero hizo un gesto con la manita, como diciendo «pásele a lo barrido.»

Dos mesas, una con refrescos de dieta y agua de piña en una jarra sucia y otra con folletos y un cuate de dientes saltones adormilado en un sillón que se veía fuera de lugar leyendo la verdadera versión autorizada de la vida de parrandas de José Alfredo en *Notitas musicales*. La decoración del cuartucho estaba integrada por una docena de carteles iguales que advertían de la soledad del alcohol.

Estaba embelesada contemplando los pinches carteles cuando un cura meloso y muy joven, de escaso bigotito y mirada errática, se acercó trastabilleando por las atoradas con la sotana.

—¿En qué te podemoz zervir, hija mía?

En la madre, el que ceceaba, ¿pero ese no era de Gobernación? Me repuse de inmediato.

—Yo no bebo, pero ando buscando a mi abuelito.

El cura me miró fijamente, luego se miró las manos y entrelazó los dedos jugando con ellos. Luego se tomó el cordón del hábito y jugueteó con él como si fuera un yoyo.

—¿Y quién ez tu abuelito, jovencita? —preguntó finalmente.

—El capitán retirado Inocencio Lavanderos.

—Ah, eze zeñor —dijo levantando la vista de su cordoncito mecatero y mirándome con visión enrevesada e indudable mala fe.

—Lo dejé aquí en la puerta hace un rato, ¿podría llevarme al cuarto donde hacen sus reuniones?

El cura le hizo apenas un gesto al dientón de los folletos y éste a su vez se acercó al ciego y le tocó el brazo. ¡En la madre, estaban todos confabulados, y yo ni una pinche lima de uñas traía!

—Fíjeze que zí, que pazó por aquí, diziendo quien zabe que tantaz tonteríaz eztrañaz. ¿No eztá bien él, verdad? ¿Anda mal de la cabeza?

Yo asentí, es más, ellos habían empezado con esto de las negaciones, el tal san Pedro; no quería meterme en la misma trampa, si es que allí había una trampa. Llevé la mano al morral para sacar las fotos de los hermanos y me detuve. Un presentimiento, un supón, un ataque de sentido común.

—Pues muchas gracias, si lo ven, o si regresa de nuevo no le hagan mucho caso y díganle que se regrese a su casa, que su nieta está preocupada.

Di marcha atrás, y sin volver la cabeza, no fuera que me quedara convertida en sal, salí de la iglesia.

Sabían más, sabían mucho más. ¿Lo tenían encerrado? ¿Por qué? ¿Qué tenía que ver la persecución del tesoro de los cristeros del abuelo con mis muertos?

Telegrama bajo la puerta: «El señor Cacucci quiere disculparse, preséntate a la oficina, aumento de sueldo garantizado. Turrubiates.»

Telegrama enviado por teléfono: «Que siga buscando a Santaclós. Tránsate el aumento. Como de costumbre. Olga Lavanderos.»

En otras condiciones, me hubiera ido en chinga a la oficina, pero la ausencia del abuelo me paralizaba. Toñín no pudo ampliar la información:

—Ijo que iba a estar en la 'glesia 'e los chupirules, que te 'ijera.

—¿Que me dijeras?

—Que le 'ijera a la Olguis, que ella tenía que saber. Ya ve y 'úscalo, pinche Olguis, ti 'a de querer.

—Cuando murió Zendejas, don Luis Enrique, ¿le dejó todo a Cecilia? ¿Toda la herencia? ¿Nada a los otros hermanos?

—Eso dije —dijo que había dicho el abogado de la familia Zendejas, un tipo por demás simpático que es-

taba tratando de averiguar con la mirada si yo era con-
sumidora de la fábrica de Brasieres Ilusión—. Tampoco
había mucho que dejar, la fábrica, la pensión, pero esa se
la había llevado la madre, la casa de Cuernavaca…

—Si quiera reconoce en la herencia a los otros hermanos. ¿Hay alguna mención de Odilón, de Luis, del
tercer hermano?

—¿Existe un tercer hermano? ¿Quién es ese Odilón? De Luis le había oído hablar a doña Ana, la viuda,
pero… no, no hay menciones. Si eran hijos suyos, eran
inexistentes a la hora que se decidió a redactar el testamento.

17

El fondo del túnel

Sale, órale, reúnes el odio y un día el odio se dispara, y retornas del pasado y matas a tus tres medio hermanos. ¿Y como esperaste veinticinco años no te sabe a nada? ¿O algo funciona como detonante? ¿Y las manos pintadas de verde? ¿Y el abuelo? Ahí sí no estabas desvariando. Lo tenían los curas de AA, lo tenían secuestrado. Eso lo podías jurar, ahí no te fallaba el presentimiento.

De nuevo al teléfono. La viuda de Luis no parecía mayormente interesada, su marido en dos semanas había quedado atrás, muy atrás.

—¿La primaria? En el Colegio Madrid. ¿Un hermano? ¿Otro?

El Colegio Madrid estuvo a partir de su fundación en Mixcoac, años más tarde vendió los terrenos de la esquina de Extremadura y Revolución y se fue hacia el sur profundo del Defe, en un movimiento que indicaba que la segunda y la tercera generación, los hijos y los nietos de los refugiados españoles que habían fundado el colegio en los primeros tiempos del exilio, se habían integrado a la prosperidad: en la Ciudad de México viajar al sur no era moverse hacia el tercer mundo sino salir de él. Ni la mejor de las motocicletas me pudo quitar los cuarenta y cinco minutos de tráfico.

Existían archivos, archivos fotográficos de 1961, del 62, del 63, los años que me interesaban. Fui recorriendo álbumes de fotos. Y ahí estaban en 2º A y 3º B. Luis, con la mirada atravesada; Cecilia Isabel, con cara de que la vida le sonreiría eternamente; Odilón, papando moscas, y el niño miope. En el álbum de 3º B había una foto mejor, del equipo de ajedrez, y al pie de la foto un nombre: Enrique Z. Canales.

—Es nuestro actual director del Banco Nacional de México. Estudió aquí —dijo la profesora que me había guiado en el laberinto—. Tenemos ex alumnos notables. Fue alumno nuestro, ¡ay!, y yo no lo sabía.

«Yo tampoco», me dije.

—¿Están dando clases aún las maestras de estos grupos?

Estaban y no estaban. Recorriendo los laberintos de la memoria del colegio fui a dar con don Jacinto y con él a las primeras descripciones de Enrique Z.

—Terriblemente inteligente, pero era un diablo, señorita… ¿Trabaja usted para el banco? ¿Periodista?

—Me interesa su relación con los Zendejas, con Odilón y Cecilia Isabel y con su primo Luis Bravo.

Don Jacinto me llevó hasta la maestra Cándida y ella, de repente, desgranando pequeñas historias de niños que lloraban cuando les proponían ser rey mago en una fiesta o recitar a López Velarde, de habilidades en la aritmética y negaciones para la geografía, me contó la historia de un niño que un día había enloquecido y manchado los cuadernos de dibujo de algunos de sus compañeros: de un niño que había quemado el cuadro de ovejitas de Cecilia y embadurnado la marina de Odilón, tachando agresivamente con crayolas los barcos y las gaviotas e incluso arruinado los floreros de Luis, porque era lo único que pintaba, floreros, ¿sabe?, y entonces la maestra Carmen, que era buena para enseñar dibujo pero bastante bruta para la pedagogía, dijo la maestra Cándida con un dejo de acento andaluz que cincuenta y cinco años en México no habían perdonado, le había pintado al niño las manos con Vinci y lo había expuesto ante sus compañeros. Y eso, señorita, hija mía, es una burrada, una barrabasada, porque luego los niños se trauman, y total, ¿quién no ha tenido un arranque de locura a los nueve años?

—Y le había pintado las manos de color verde, ¿verdad?

—Uy, pues la verdad no me acuerdo.

—Yo sí —dije.

La casa estaba más vacía que nunca, ningún rastro del retorno del abuelo. No podía seguir esperando. ¿Esperando qué? Que lo mataran, que lo desvanecieran. ¿Quiénes?

—Y ni me diga que no, porque estoy segura de que está aquí y, si no me lleva con él, en este instante voy a buscar una patrulla de la policía…

El cura agachó la cabeza resignado, le dirigió una mirada cómplice a sus cuijes, avanzó hasta una pequeña puerta disimulada por un trastero lleno de escobas e ingresó a los infiernos dándome la espalda. Ya entrada en gastos, lo seguí. Me daban ganas de bromear con esto del infierno, pero se me estaban cayendo las calcetas. Olga, valor.

Pasillos interminables sin apenas luz; catacumbas viles y pinches, telarañas decorativas jijas de Stephen

King, humedad y moho en las paredes. El pasadizo descendía: directo a los infiernos, en lo dicho. Dos mil pasos después el rumor de maquinaria comenzó a llegar hasta nosotros, como un río, una catarata subterránea. Muy seguro debería ir el cura que ni siquiera volteaba para ver si lo iba siguiendo, y ni modo de preguntar alguna pendejada como «¿Pero de veras ahí celebran las reuniones de Alcohólicos Anónimos?»

El ruido iba creciendo, regular, con pauta. Un ruido de orden, de algo que avanza. Y finalmente el pasadizo dio acceso a una pequeña cueva en el sótano profundo de la iglesia iluminada con dos reflectores de mercurio colocados en tripiés. En el centro, majestuosa, una pequeña rotativa Rolland, tan buena como una se imaginaba las del *New York Times*, maravillosa, reluciente de aceite, escupiendo papeles impresos por la boca, pero, a diferencia de las de los gringos, controladas por un par de mexicanísimos monitos con calva artificial y sotanas…

El abuelo estaba encadenado a la prensa, el flaco torso desnudo sangrando, lo habían azotado. Me vio llegar, mostró una sonrisa desdentada y gritó por encima del ruido de las prensas.

—Te lo dije, Olguita. ¡El pinche tesoro de los cristeros!

El cura culero, el culecura, el pinche engendro del oscurantismo tecnificado, sacó una 38 de un bolsillo de la sotana, me la mostró y preguntó muy amable:

—¿Eze ez zu abuelito, verdad, zeñorita?

—Olguita, qué feo vistes, de veras que te ves mal con esa pinche blusa hawaiana —dijo el ruco miserable que me había metido en este desmadre.

18

Chinga tu madre, dijo un enano

Una quisiera que la vida fuera novela de Norman Mailer, pero suele suceder que sale un libro donde se mezclan con impudor Corín Tellado con Mary Shelley. Una no tiene el chance de escoger a los autores de los que ser personaje.

Yo a veces no me valoro lo bastante, no me doy confianza, como dice el manual de autosuperación que le lee mi tía al Toñín y me atacan unas profundas desconfianzas y dejo de creer en mí misma. Si me amarran a una silla, tantito peor, y si no me dan agua, o de jodida un Frutsi, en medio de los calores de aquel sótano, peor tantito. Tenía que reconocer que de menos habían tenido deferencia con las damas y me habían recontraatado con mecates y alambre a una silla de paleta robada en alguna escuela federal y no a la maquinota de la que colgaba a mi lado el abuelo Inocencio.

A los genios de la organización sólo se les había olvidado una cosa, la ventilación. Los curas-operarios sudaban dentro de sus sotanas y sus calvas tonsuradas relucían levantando al paso charolazos de luz. El cuadro general no obedecía a una de mis pesadillas, en las que suelen mezclarse personajes de Disney con locutores de televisión y judiciales; era una de las pesadillas del abue, con curas laboriosos trabajando contra la patria. El viejito, babeando tantito sobre su cara sin afeitar de cuatro días, a mi lado contemplaba con fascinación el movimiento del supersótano, valiéndole madre la sangre propia y el pinchísimo ruido, observando los movimientos del personal que manufacturaba, no los esperados billetes verdes de veinte dólares, si no un churro eterno de boletas electorales.

Para confirmar que se trataba de sus delirios y no de los míos, al rato retornó el sacerdote que parecía estar a cargo de la operación, el jefe del cura-pistolero, un hombre de tez muy blanca, casi pálida y nariz ganchuda; parecía ser bastante jefe, porque pasó al lado de los curas enanitos de Blanca Nieves sin mirarlos apenas y como en la peor de las novelas de Maurice Leblanc se acercó a nosotros y dijo:

—¿Ve, capitán? Lo chingamos por metiche. ¿Quién le manda meterse en cosas serias?

—Chinga tu madre / dijo un enano, / vas, la rechingas y estamos a mano —le contestó el abuelo recitando muy seriecito, sus manos elevadas sobre sí mismo y ancladas con cuerdas a un volante lateral de la máquina.

Si algo me quedaba de grandeza de espíritu, ya sabía de donde la había heredado.

El cura gargajeó y le escupió al abue en plena cara.

—¿Sabe qué, pinche cura mamila? Que escupirle a un capitán del Ejército mexicano, de los de antes, es traición a la patria, puto, se acaba de jugar la vida —dijo el abue Inocencio.

Y yo aproveché que, aunque me hubieran anclado a la silla, no me habían amarrado las piernas, para sorrajarle tremendo patadón en los güevos al enemigo.

Se fue tambaleando con las manos en los dichos y produciendo quejitas y lamentitos.

—Bien, Olguita, tremenda patada en los talayates le sorrajó al enemigo. Lo que en mi época se decía: impacto directo en los blanquillos. Tu-ru-ru-ru-tu-rú —remató trompeteando.

—Pa'que se eduque —dije sonriendo.

—Seguro ahora vienen a torturarla, m'hija; usted resista —dijo el abue congelándome la sonrisa.

—¿De veras?

—Si me hubiera hecho caso, no andaríamos en este pedo —dijo—. ¿Ve cómo tenía razón? El tesoro de los cristeros les sirvió para la negociación. Esto es el pilón que le están ofertando a los de Gobernación; los extras, como quien dice…

—Abue, no me lo puedo creer.

—Usted no aprende, ¿verdad? Debería hacerle caso a sus mayores. La política en este país es así de rara, coño. ¿No le vengo insistiendo desde hace días pa' que se eduque? Yo salí de la mera nada, de mi reposo, para servir a la patria, porque me estaba oliendo que estas cosas estaban sucediendo, no es que me gustara ser un detective pinche, m'hija… Aguas, que ahí viene el clero.

El cura curero culero que me había detenido se acercó melifluo.

—Hombre, don Inocencio, no debió uzted haber pateado al zacerdote. El padre Macario ez nueztro guía ezpiritual.

—Fue aquí mi nieta. ¿Y a usted no le da vergüenza estarse metiendo en política? ¿Ni porque la Constitución se lo prohíbe…?

—Bueno, ez un trabajito. Uno máz para llenar tiempoz muertoz. De ezoz de nueztro reino terreztre, que amplía el ezpacio del reino celeztial. México ziempre ha zido criztiano, hazta en los peorez momentoz —dijo sin ningún pudor—. No zólo laz imprimimoz, también ponemoz a loz amanuenzez a cruzarlas en el cuadrito de la banderita, el cuadrito del PRI y luego al rato, el mez que viene, laz depozitamoz en laz urnaz. Todo el favor completo. Loz caminoz del zeñor zon laboriozoz.

El abuelito comenzó a echar baba blanca. La rabia lo dominaba.

—¡Viva Juárez, cabrones! ¡Viva Lutero, bola de jotos! —aulló el abue. El cura le dirigió una mirada de desprecio y se alejó lentamente sorteando a uno de sus cuijes que transportaba las boletas electorales recién impresas desde la boca de la imprenta a una esquina donde en una larga mesa se estaban empaquetando.

—¿Sabe cómo llegué hasta aquí, abuelo?

—Seguro. Te envío el Toñín, que lo tuve dos horas entrenando con el método nemotécnico de Kim de la India para que te explicara. Tuve que hacer que se aprendiera primero media página del manual de tu lavadora, para que se concentrara y luego le pareciera divertido lo de recordar la iglesia de los alcohólicos... Si me iba a meter en la boca del lobo tenía que dejar alguna constancia.

El abuelo comenzó a cantar el himno nacional a todo volumen. Competía en volumen con la imprenta.

El cura regresó alarmado por los aullidos, se compadeció de nuestro aburrimiento y comenzó a leernos pasajes píos de la vida de san Francisco de Asís. Resultaba interesante leída por un zipizape la vida de aquel santo reconvertido, que vivía en la pasión hasta el delirio por la sencillez y la miseria como las únicas formas de salvación en la sociedad de consumo del renacimiento. Más interesante aún con los comentarios del abuelo, cuyo anticlericalismo pertinaz le impedía encontrar un aliado hasta en san Francisco, el alterego bueno de san Ignacio.

—Pinche monje puto, seguro quería los pajaritos para cogérselos.

Al dar las doce de la noche (es un supón, porque yo ni reloj traía), el cura rollero dejó de ilustrarnos con los pasajes de san Pancho, que a estas alturas parecían una combinación de mamadas de D'Amicis y la verdadera historia de Chucha la Cuerera narrada por Televisa, y los otros curas, los laboriosos, detuvieron la imprenta y fueron apagando lentamente los reflectores, uno a uno, con cariño y amor, con la misma rutina con la que se apagan las velas en un altar.

El silencio que se produjo me dio miedo. A un ratoncito urbano como yo, el ruido ni lo mata ni lo apendeja, el silencio sí.

—Buenaz nochez —dijo el cura empistolado perdiéndose en la oscuridad que unos instantes después, conforme se iba alejando la linterna, se hizo absoluta.

—Abue, ¿tú entiendes algo?

—No hay nada que entender, Olguita. Nos chingaron en este round, y pa'pronto, al que sigue, a sacarles el mole. ¿O qué? ¿te ablandaron con el rollo franciscano?

Me fascinaba su lucidez. Pero yo soy de las que se hacen preguntas; soy de las que quieren respuestas.

—Órale pues, ¿pero quién es ese cura siniestrón que nos tiene secuestrados, el jefe de ellos, al que pateé? ¿Quién es el licenciado ese de los dos portafolios del que usted hablaba antes?

—Ese me lo debo de haber imaginado, porque no lo he visto por aquí. A veces me falla la retentiva.

—¿Y estos curas son de a de veras?

—Hija mía, ¿no distingues al enemigo ni cuando lo tienes enfrente? Anda, déjate de mamadas y aprovecha lo oscurito para mover tu silla para acá —dijo el abuelo ignorando mis preguntas—. En un calcetín tengo una navaja suiza.

Una luz en el fondo del túnel, una llamarada de petate, una linterna en las tinieblas.

19

Como Nerón, pero a lo cabrón

Las llamas ascendían de los paquetes de boletas electorales, el abuelo desatado bailaba sin camisa en torno a la hoguera mientras regaba gasolina con una lata sobre la imprenta.

—Como Nerón, pero a lo cabrón —dijo.

Su navaja suiza había estado en el calcetín y había servido después de unas cuantas contorsiones para cortar mis amarras y más tarde las suyas. Según habría de descubrir, también traía en la bragueta una 38 de cañón corto que por pudor los curas no le habían encontrado. «Nadie registra a un ruquito en los huevos; está mal visto». Mientras regaba gasolina y bailaba, tenía un ojo en el acceso de la cueva y la pistola amartillada en la otra mano. Ya no hacían capitanes en el ejército mexicano como éstos, no en balde había ganado una guerra chafa y se había trincado un barco de petróleo. Me acometió la duda.

—Abuelo, ¿y usted se robó un barco de petróleo?

—Eso mero, un carguero completito.

—Pero era petróleo nacionalizado.

—Ni madres, estaba en los activos de la empresa Sinclair de los gringos cuando me lo robé y nunca se lo pudieron cobrar al gobierno mexicano. ¿Usted cree que soy un canalla para andarme robando cosas de la nación? A los gringos sí, con ellos todo se vale. ¿No le chingaron Alaska a los esquimales...? Arde a toda madre, ¿verdad?

En ese momento por la boca de la cueva aparecieron dos curas con linternas y el abuelito, sin agua va, les soltó un par de plomazos apuntando como tirador olímpico, con una sola mano y la otra suavemente apoyada en la cintura, con estilo. Los ecos reverberaron largo rato en la cueva después de que los chupacirios habían huido.

Las llamas mientras tanto se nos acercaban peligrosamente.

—Ambos llevan las sotanas perforadas. Y eso que no tiré a dar —dijo el abuelo. Yo le creí. A estas alturas yo podría creer cualquier cosa.

Me tomó de la mano y avanzó hacia la salida. El fuego se desplazaba por el suelo, alimentándose de disolventes y aceites, de resmas de papel y sobras, de viejos trapos. Comenzamos a correr por el pasadizo y de repente, el cura zipizape se apareció frente a nosotros, con la sotana ardiendo y los ojos extraviados.

Ni corto ni perezoso el abuelo le sorrajó un tiro en la frente. Y ahí la pesadilla se rompió en sueños, el miedo me dominó y comencé a temblar, incapaz de mover las piernas y el viejo me levantó en vilo sacando fuerzas de quién sabe donde y me besó en la frente.

Poco después, acodados reponiendo el aliento en un barandal de contención de los puentes del Circuito Interior, veíamos arder la iglesia entera, escuchábamos las sirenas de los carros de bomberos, veíamos alzarse al cielo las llamas anaranjadas. Descubrí que me dolía un brazo, que el ardor del pie era porque tenía un tenis absolutamente tatemado y que se le había flameado una parte de su barba al abuelo. Ambos estábamos tiznados de la cabeza a las suelas de los zapatos. Los bomberos habían controlado el incendio, o al menos evitado que se extendiera a la casa vecina. Los vitrales del frente de la iglesia se desplomaron al surgir entre ellos una última explosión y una llamarada rojiza.

Era el pastel de cumpleaños del abuelo, según confesó:

—Hoy cumplo ochenta y siete años, m'hija.

Yo al abuelo le creía todo. ¿Y a mí quién me iba a creer? ¿Y quién se lo podía creer?

Repasé la historia en titulares de cuarenta y ocho y subtítulos de veinticuatro puntos mientras nos bebíamos un té de tila en la casa. No, nadie me la iba a creer. ¿Un sótano de una iglesia con los enanitos de Blancanieves y de la Curia haciendo boletas electorales chuecas previamente negociadas por el PRI, cuyo representante era un sacerdote que ceceaba? ¡Ay, no mames, Olga! ¿El tesoro de los cristeros a cambio del reconocimiento del Vaticano? ¡Ay, Olga, no juegues! ¿Toda la operación con la cobertura de un club de Alcohólicos Anónimos? Olga, ¿has estado fumando de la verde? Ya sólo me faltaba añadirle los otros delirios del abuelo, que seguro que eran ciertos, ese de que los Lanceros de Bengala eran fans del Atlante y los usaban para las ceremonias deportivas o para las fiestas de quince años de la hija del presidente, por ejemplo.

El abuelo pasó a mi lado y me abrazó.

—Bien ahí, Olguita —dijo.

20

Letanía

Mi escritor, mi personaje de novela, en vista de lo que escribía, valía para pura madre, andaba organizando una nueva letanía, una especie de juego de cartas para el que necesitaba reglas. Todo había comenzado con aquel famoso «tijera corta papel», pero ahora se prolongaba mucho más allá, corriendo el riesgo de volverse interminable:

> Ratero come a ministro
> Paisaje madrea camión
> enchilada rompe odio
> ansiedad mata recuerdos
> Vicio endereza lechero
> Intelectual quiebra a perro
> funcionario mata a niño
> soledad a videoclub
> piedra destruye tijera
> lépero tumba Academia
> ratoncito mata a cura
> colegial chinga a viejita
> escritor mata a turista
> bicicletero a ruquito

Papel recubre a la piedra
Multitud a presidente
Rollero tumba emociones
corazón mata a peligro
amor destruye nopales
Gandalla mata a galán.

Me gustaba su rollo, pero era un rollo sustituto; la verdad es que sus sufrencias lo tenían haciendo esto en lugar de escribir la novela que no se quería dejar escribir. De eso se trataba el

CAPÍTULO III
El final está a la vuelta de la esquina

Te decías que la revolución seguía estando a la vuelta de la esquina, pero que lamentablemente las calles se habían estirado. Estabas escribiendo una novela de ciencia-ficción y la duda te acosaba. Un buen capítulo con gatos mutantes, ciudadanos galácticos que por razones de moda se amputaban un brazo y fumadores de opio. La novela, quién sabe cómo, había incluído un capítulo muy decente sobre los soldados recorriendo Insurgentes en tanquetas. Sin embargo, los elementos no cuadraban.

Yo estaba escribiendo estas cosas que pensaba que él escribía, porque la verdad, cuando desperté en mi cama y vi al abuelito contemplándome con cara de abuelita y una Tecate sin abrir en la mano, listo para ofrecérmela, pensé que el sótano y sus curas ardiendo era un pinche sueño apache. Y entre los sueños y las elaboraciones, pido mano, voy con las segundas.

Acepté la cerveza, di vueltas por la casa tratando de poner orden en la nada. Dejé al abuelito estudiando un ejemplar ilustrado del Kamasutra que alguna vez alguno de mis amantes platónicos me había regalado a ver si la cosa iba a más y me senté a escribir.

Escribía con la izquierda porque tenía la muñeca derecha dislocada, con teclazos de a uno en uno, como si estuviera grabando algo, y llevaba el ritmo con el pie contrario, porque el izquierdo estaba vendado y atascado de pomadas. El tenis había quedado bien chamuscado, para trofeo arriba de la chimenea si en la casa hubiera chimenea.

Abrí la puerta con un cuchillo de cocina en la mano, por el «ahí te entumas»; el italiano con rostro compungido me dirigió una sonrisa triste. Traía traductora, una gordita que había aprendido el idioma a causa de su amor por la pintura renacentista.

—Dice el señor Cacucci que quiere disculparse con usted, que todo ha sido un malentendido.

El italiano asintió. Yo encendí un cigarrillo esperando mejores explicaciones.

—Que unos amigos mexicanos suyos, le dijeron que las palabras que usó con usted eran fórmulas de cortesía de moda en la Ciudad de México, por gastarle una broma, una broma pesada y que él inconscientemente… —El italiano se soltó una parrafada en su idioma—. Dice el señor Cacucci que se disculpa nuevamente, que por favor considere que en la oficina se estima mucho su trabajo, que se le debe un aumento de sueldo, mismo que se hará efectivo en cuanto se reincorpore, que lamenta lo sucedido.

Extendí mi mano franca, por eso de «dale tu mano al indio, dale que te hará bien.»

—Dígale al señor Cacucci que el incidente está olvidado, que si se quiere tomar unas chelas, la casa invita.

Sí quería y la traductora también, lo que demuestra que las apariencias engañan.

—Dígale al señor director que Olga Lavanderos de la Agencia Italiana de Noticias quiere una entrevista con él para hablar sobre «los Zendejas.»

El asistente manoteó otro rato, me volvió a explicar que el señor director-gerente no concedía entrevistas en el corto plazo, que se encontraba muy atareado con una delegación de banqueros japoneses... lo dejé hacer y repetí el mensaje añadiendo:

—Seguro que le interesará. Es un tema muy importante para él —y dejé un teléfono de la oficina.

Quedaban esquinitas por amarrar. Eché una foto del director del banco, de Z. Canales, en el morral y me dirigí a la tortería. Pancho Villa II estaba jugando canicas en la entrada. No era un juego muy ortodoxo, más bien estaba tratando de chingar hormiguitas con las canicas. Estaba a punto de tirarle un rollo franciscano y luego me acordé del sacerdote que se había despachado el abuelo y desistí.

—Mira nomás, la periodista.

—¿Lo reconoces? ¿Era el que comió con Cecilia aquella tarde?

—El mismo. Aquí tiene cara de ser muy pinche jefe. Ese día venía vestido normalito.

—Oye, Olga, ¿qué está pasando? Tienes un mensaje de la oficina del director del Banco Nacional de México diciendo que te confirma una cita a las seis —dijo Turrubiates al teléfono, me di el gusto de no explicarle nada.

Y el abuelo dijo:

—Algo me falló, voy a tener que ir a Roma a checar. Voy a tener que buscar a viejos cristeros y hacerles un interrogatorio de a de veras. Voy a tener que controlar mejor a mis pinches informantes, ya parecen apaches. No debería beber tanto mezcal, es malo para la memoria.

Yo lo miré desconcertada. El viejito se fue rumiando hacia la cocina dispuesto a meterle otra saqueada al refri.

El despacho privado de Z. Canales estaba en una semipenumbra, pero su rostro estaba fuertemente iluminado por una lámpara de mesa. Ojos tristes, desvariantes, atrás de unas gafas gruesas, nariz prominente. Ya estaba derrotado.

—¿Y qué quiere que le cuente si ya lo sabe todo? ¿Qué va a hacer, añadir mis declaraciones a su reportaje?

—No qué voy a hacer, qué hice, ya entregué el texto en mi oficina, en estos momentos debe estar saliendo por los teletipos —mentí—. ¿Qué va a hacer usted?

—No sé —dijo.

Nos quedamos un rato en silencio.

—No tiene demasiadas pruebas. Sólo es capaz de conectarme a mis medio hermanos a través de la muchacha de la tortería que me vio con Cecilia.

—Puedo dar un motivo, una historia que viene del pasado. Puedo demostrar que usted no tenía coartadas en el momento de la muerte de Odilón o Luis, puedo conectarlo a la pintura verde.

—¿También habló con Mario, mi chofer?

Asentí mintiendo de nuevo.

—¿Por qué lo hizo? ¿Por qué después de tantos años? Si al fin y al cabo usted era el triunfador y ellos unos pobres miserables derrotados.

—No sé. Debe haber sido culpa de Luis que siempre quería sacarme dinero y un día me harté y luego seguí con los otros dos... No sé. ¿Importa?

No le contesté.

—Por cierto, Olga, ¿tienes media idea de quien mató a los de las manos pintadas de verde? —preguntó Turrubiates.

—El director del Banco Nacional de México, Enrique Z. Canales, que por cierto era medio hermano de los tres muertos y que...

El enano ni se inmutó, ni siquiera se rió.

—¿Y los dólares?

—Nada que ver, seguro que esos vienen de Austin, Texas, o de Guatemala, o de la oficina del secretario de Hacienda, por eso de la caja chica deficitaria.

—O sea que no tienes ni la más puñetera idea de nada, que estás como al principio. Bueno, pues no sería malo que te reincorporaras a tu chamba, sobre todo ahora que el italiano no la va a hacer de pedo.

—Lo tengo todo escrito. Si eres capaz de leer siete cuartillas... Pero tengo una historia mejor, la historia de unos curas que estaban negociando con Gobernación el reconocimiento del Vaticano a cambio de fabricar boletas electorales chuecas para el PRI.

Ni le tuve que mirar la cara. Pendeja, las historias de una en una o aquí mismo mandaba a llamar la ambulancia para enviarme al manicomio. Curas fabricando boletas electorales y el presidente del banco más importante del país asesinando a sus medio hermanos. Olga, por favor, eso ni en una novela de Agustín DeGyves…

—¿Y el aumento de salario? —dije, para cambiar de tema.

—Se lo pides al cura de las manos pintadas de verde que fotocopiaba boletas electorales panistas, señorita.

Me dirigí a mis teletipos, a medio camino aceleré el paso porque el churro de hojas crecía, quizá estaban escupiendo los resultados del abierto de Wimbledon o las cotizaciones del camote en el mercado de futuros de Iowa.

—Corazón mata a peligro / amor destruye nopales / Gandalla mata a galán —fui recitando por el camino.

Turrubiates estaba leyendo mi historia con una cara de incredulidad y pendejez maravillosa. Lloré por no haber tenido en mis manos una Polaroid.

21

La nave de los adioses

El abuelo me había dicho bien de mañana: «Al rato voy a salir, voy a ir a comprar café». Y los dos supimos que se iría, de a de veras, del todo, definitivamente. De manera que sin que se me notara el abandono le encargué dos litros de leche y pan dulce, y se me salió una lágrima cuando lo encaminé hasta la puerta del elevador. Sus baúles habían desaparecido, probablemente los había sacado de madrugada. Para las huidas el abuelo era delicado y sigiloso, como pinche apache.

Desde la ventana, desde lo alto de mi torre de princesa abandonada, nuevamente abandonada, lo vi irse jalando sus dos baúles llenos de casullas y sotanas, de tesoros papales y petróleo esquilmado a Pemex.

Me quedé mirando. Llovía. Llovía tanto que nadie debería andar huyendo de su casa. Pero él se fue y yo me quedé.

Alguien tiene que quedarse; quedarse en donde sea, aquí o allí, pero quedarse. Porque si nadie se queda, y esto bien lo sabía mi abuelo Inocencio, ¿quién va a poder contar la historia?

Si nadie se queda atrás para narrar, la memoria de todos, corre peligro. Todo eso estaba bien. Armaba el rompecabezas de la conciencia. Había que dar dos pasitos atrás, y dos para adelante, como Lenin en Toluca. Había que quedarse a la retaguardia mientras los demás cabalgaban, para verlos de lejos irse en medio del polvo. Como la División del Norte vista por la retaguardia. Como estar siempre viendo a los Dorados de Villa al galope, desde la perspectiva de las ondulantes colas de sus caballos. Así era el destino del narrador. Contar historia, puras historias incompletas. Así. Verle el fundillo a los caballos. ¿Quién iba a contar sino por qué se había colgado de una lámpara en su despacho el director del Banco de México? ¿Quién iba a contar sino por qué al padre Macario lo acababa de detener la judicial acusado de un fraude con unos departamentos en la colonia san Miguel Chapultepec? ¿Quién iba a contar la trastienda de estas bonitas historias? ¿Quién iba a recortar el cable que en esos momentos escupían los teletipos de la agencia italiana con el exclusivo reportaje de Olga Lavanderos sobre los pobres difuntos de las manos pintadas de verde? Pero la duda se quedaba. Si todo estaba tan bien, ¿por qué me sentía tan pendeja?

—Una caja de Kótex —pedí en la farmacia.
 —¿De qué tamaño?
 —No sé… Pues como para una menstruación normalita —dije provocando el horror del dependiente.

En la casa perduraban las huellas del combate. Pateé botellas rotas y empujé el sillón hacia la ventana. No hay nada más final que los finales. Ninguna tristeza como la tristeza del final. El viejito se había ido hacia la nada.

Habíamos desaparecido de nuestras vidas. Él se había ido a las tierras de nuncajamás. Me entró una tristeza boba, lenta, rasposa.

Cuando al anochecer veo las luces del Defe encendiéndose desde mi ventana, siento que a veces me gustaría contemplar esta ciudad desde lejos, subir al barco inexistente, al trasatlántico de los abandonos en un lugar como Xochimilco, y surcar los ríos subterráneos para salir a la presa de Chicoasén y de ahí al mero mar Caribe, y poner distancia entre yo y mi ciudad, para quererla entonces desde afuera.

Recordarla con sólo los recuerdos, que son dulces y lánguidos y dejan lo mejor de las personas y las calles... Vista desde otras ciudades la maligna Defe sería como un feto envuelto en algodones rosas azucarados. Y el metro se volvería un carrusel de Vivaldi anaranjado y la lluvia sobre la Alameda algo vago y caliente. Y entonces podría recordar cómo se van encendiendo las luces de magnesio sobre Insurgentes cuando avanza la tarde queriéndose hacerse noche, y la invasión de la feria de pueblo en una esquina, y las sirvientas alborozadas con pantimedias nuevas en la cola del cine Hipódromo, comiendo chicharrones sobre avenida Revolución y chachaleando en mije o tojolabal bromas sobre los requiebros del lechero y la camisa roja del tímido galán reformado que hasta hace unas horas era peón de albañil.

La distancia, que todo lo cura y todo lo ama, como bien descubrieron Cuco Sánchez y José Alfredo Jiménez (que por cierto no son citados en *El laberinto de la soledad* ni en las historias oficiosas del Colegio de México, porque pertenecen a otra dimensión más bradburyana o más defeña), es una criatura del laberinto de la solidaridad o del tumulto de la colonia de los Doctores y de los callejones de Neza, donde el asfalto es premonición. La distancia, pues, no es el olvido sino la memoria.

La distancia volvería el Defe algo blandengue y añorable. Una ciudad pastel, una ciudad de recuerdos de la infancia, una ciudad de esquinas significativas, claveteadas por novios que no llegaron a las citas, faldas escocesas estrenadas, juegos de volibol en la cuadra cerrada al tráfico donde se tostaba la nariz al sol, y no importaba que fueras chata, pelirroja o Hermelinda linda, en la democracia de la adolescencia, donde estás ahí para cambiar, y entonces todo es ciudad que muta en torno tuyo.

El Defe desde lejos, por ejemplo desde una ciudad con nieve como Toronto o Copenhague, o ciudades con río como Sevilla, Roma y Buenos Aires, sería la ciudad en la memoria donde se verían todos los días del recuerdo los volcanes y el Ajusco y donde legiones de carros de camotes rolarían con sus sirenas de ferrocarril, enviando a sus casas a los novios trasnochadores; donde la lluvia de septiembre caería sólo en las tardes y después de comer para invitar a las siestas, y donde los cines pasarían siempre películas de Robert Redford, Paul Newman y Gabriel Retes y las estaciones de radio emitirían siempre y sólo canciones de Pedro Infante y los domingos para variar versiones autorizadas de Jorge Negrete.

El Defe, en el recuerdo mío y el ajeno, en la distancia, se volvería una ciudad donde Zapata entraría a caballo al mismo tiempo que los sesentayocheros envejecidos desfilaban por Insurgentes a la altura del Parque hundido y Sabina rockearía entradalibre en la Plaza México; donde serían gratis multitud de cosas: las tortillas y los conciertos de marimbas frente a Tláloc y las donas de chocolate y los concursos de danzón en la explanada de Balbuena. Las utopías racionales no valían el tiempo que se dedicaba a pensar en ellas...

En el recuerdo, todas las neverías estarían en ofertas de dos por uno y nadie se robaría el periódico de la puerta del garaje; los cineclubs de la facultad tendrían programa triple y diario y así nadie se vería obligado a estudiar pendejadas, y hasta los temblores durarían poco y serían suaves, como las vibraciones que produce un Ruta 100 cuando vives en la calle Sonora o en avenida Mazatlán.

El destierro, entonces, estaría justificado, sería prófuga por distancia y no por omisión, Olga, y tendría siempre veintitrés años, y nadie podría decir, ni siquiera Paul Nizan, que es la peor edad de la vida, y la ciudad estaría presente no como amenaza, como ahora, sino como cobija, como pastel de cumpleaños, como pista de carreras asoleada. Y entonces yo podría quererla de verdad y no como ahora, en que las querencias se me mezclan con furores apaches y se me antoja romper todos los pinches semáforos de Patriotismo o ponerme a morder los ahuehuetes de Chapultepec hasta descortezarlos, o empacharme de tacos de carnitas y morir de diarrea, o conectarme el escape de un VW a la nariz, o ahorcarme en las farolas de Insurgentes.

Un novelista argentino, Tomás Eloy Martínez, dijo que la realidad no era la única verdad. Tenía razón. Pero la realidad es la verdad de los jodidos, de los parias, de los eternos sujetos sobre los que cae el engaño y nos aferramos a ella en vía de mientras, hasta que la realidad deje de ser la única verdad, hasta que sea otra cosa, hasta que las ilusiones sean más realidad que la realidad...

Por ahora, es como es.

Por eso me quedo y no me voy, por eso al rato voy a salir a pintar bardas cardenistas, incluso una dedicada al cura Macario. Por eso me quedo, para que la memoria luego no me mienta. Para que no digan, la bola de putos, que me rajé. Para que ellos, los «ellos», no crean que nos ganaron.

Para poderme ver en el espejo y decir: «¡Qué pinches ojeras tienes, hija mía, de vampiro mandilón!»

Y luego decir: «Son las ojeras de las ilusiones.»

Índice